POÉSIES.

POÉSIES
POLITIQUES
ET ÉLÉGIAQUES,

PAR

CH. POTVIN.

Montrons à tous comment on doit être homme,
Montrons à tous comment on sait aimer.

BRUXELLES,
IMP. ET LITH. DE CH. VANDERAUWERA,
Montagne-aux-Herbes-Potagères, 25.

1849.

PREMIÈRE PARTIE.

LA DÉMOCRATIE.

— « Une digue! une digue au flot qui se déchaîne!
« Entassons les rochers pour protéger la plaine!....
« Fuyons, hommes et rocs, il a tout emporté!
« Laissons ce lit fangeux à sa stérilité! » —

Et les peuples fuyaient; dans ses rives profondes,
Comme un sein nourricier, le Nil gonflait ses ondes;
Vainement le prophète, interrogeant les cieux,
Leur montrait Dieu guidant le flot séditieux;
Vainement des moissons il chantait le présage;
Les prêtres et les rois méprisèrent le sage;
Ils s'enfuirent; longtemps le sol fut inondé;
Quand le Nil s'apaisa, tout était fécondé.

—Ainsi, longtemps perdue, ignorée en sa source,
L'idée évangélique enfin a pris sa course;
Quelques jours à ses flots les rois opposeront
Des montagnes de morts; et puis ils s'enfuiront!

Sous l'incubation de la sainte pensée,
L'Europe restera longtemps bouleversée;
Et tout se calmera; le paisible ramier
Apportera dans l'arche un rameau d'olivier;
Sortant de ce déluge aux fécondes révoltes,
Le peuple portera de puissantes récoltes;
Et ses ennemis même, implorant leur retour,
S'assoîront au banquet du fraternel amour.

1849.

LA POÉSIE.

PULCHRUM EST SPLENDOR VERI.

— Qu'est-ce que tous vos vers? néant! — Je le sais bien!
S'ils ne sont que des vers, non, les vers ne sont rien.
Mais l'élan généreux du cœur qui s'extasie,
Mais l'hymne de la foi, le chant du citoyen,
Du vrai, du bon, du beau, l'expression choisie,
N'est-ce rien? — O sublime, ô sainte Poésie!

Muse du ciel, reine de l'harmonie,
Tu fus souvent l'esclave des partis;
Les préjugés qu'évite le génie
Ont égaré tes amants abrutis;
Assez longtemps tu fus leur courtisane
Et célébras un idéal pervers;
Toi qui jamais ne fléchis dans les fers,
Souffriras-tu que, libre, on te profane?

Lorsque l'orgueil pousse un prince au massacre,
Oh! ne va plus, le changeant en héros,
Donner au crime un nom qui le consacre,
Et des lauriers aux meilleurs des bourreaux.
Ne chante plus, flatteuse ou criminelle,
La fausse gloire et les viles amours :
Muse, tes chants doivent vivre toujours,
Et du ciel seul vient la vie éternelle.

Chante! le monde a besoin de tes charmes;
Tu trouveras toujours de nobles fils,
Qui combattront, en vaillants frères d'armes,
Pour le saint but que leur cœur a compris.
Chante toujours, mais chante en immortelle :
Donne aux devoirs une exquise douceur;
La liberté n'est-elle pas ta sœur?
Mets l'univers à genoux devant elle!

Sur nos instincts, ou généreux ou tendres,
Quand tout le jour l'orgueil invétéré,
Les intérêts ont entassé leurs cendres,
Qui donc réveille en nous le feu sacré?
Chante, et soudain, en extase ravie,
L'âme captive, à qui ton culte est cher,
Libre un instant de sa prison de chair,
S'exalte et sent la véritable vie!

O vraî bonheur, quand le soir nous rassemble,
Famille unie, amants, heureux époux,
D'ouïr tes chants, d'y retrouver ensemble
Nos sentiments que tu nous rends plus doux!
On est meilleur, tout sourit, le mal cesse;
Et, parmi nous, Dieu descend sous tes traits.
Oh! ta grandeur égale tes attraits!
Muse, avec toi, nous chanterons sans cesse!

Nous chanterons pour aimer et pour croire,
Pour relever l'honnête homme abattu ;
Et, quand du doute et du vice on fait gloire,
Pour protester au nom de la vertu !
Révèle-nous les vrais biens de la vie,
Des faux progrès disperse la Babel !
Tu fuis l'erreur comme un poison mortel.
La vérité, n'est-ce pas le génie ?

Ne faut-il pas, dans nos luttes sans trêve,
Pour la licence ou d'iniques pouvoirs,
Que quelquefois l'homme de bien se lève,
Aimant ses droits, et suivant ses devoirs ?
Ne faut-il pas montrer à l'égoïsme
Qu'on peut encore aimer l'humanité,
Que pour servir la foi, la liberté,
Il est toujours des cœurs pleins d'héroïsme ?

Que pour l'honneur partout on nous renomme !
Parlons au peuple et sachons le former !
Montrons à tous comment on doit être homme,
Montrons à tous comment on sait aimer.
Contre l'erreur et les cruels délires,
Les bonnes mœurs font plus que le pouvoir ;
Semons au cœur l'amour et le devoir ;
Leur fruit céleste est la paix des empires !

L'art n'est-il pas un sacerdoce auguste
Et puissant même en nos mains d'apprentis ?
Dieu veut montrer, par sa voix forte et juste,
Sa foudre aux grands, son sourire aux petits !
Et si nos bras, cédant au poids des armes,
N'osent frapper de la verge d'airain,
A défaut d'or, on partage son pain ;
Il est si doux de sécher quelques larmes !

La liberté n'est pas une utopie.
Reine du monde, oh ! qu'enfin les mortels
Des intérêts brisent le temple impie,
Sur ses débris s'assoîront tes autels.
Tous sont égaux, tous s'aiment, tous sont frères!
Eden nouveau qui s'offre au genre humain!
Jetons des fleurs, Muse, sur son chemin !
Ces rêves-là ne sont pas des chimères.

Malheur à qui s'armerait de ta lyre
Pour attirer l'homme dans le malheur,
Qui, de tes chants, feignant un beau délire,
Ferait pour nous l'appel de l'oiseleur !
Tes cordes d'or, une arme d'esclavage !
Un instrument de dégradation !
Non ! brise-les aux mains de l'histrion,
Ou meurs au frein, comme un lion en cage!

—Qu'est-ce que tous vos vers? néant ! — Je le sais bien!
S'ils ne sont que des vers, non, les vers ne sont rien.
Mais l'élan généreux du cœur qui s'extasie,
Mais l'hymne de la foi, le chant du citoyen,
Du vrai, du bon, du beau, l'expression choisie,
N'est-ce rien ?— O sublime, ô sainte Poésie !

1849.

MIL HUIT CENT TRENTE.

Il fut des temps de fer, libres de toute entrave,
Où l'enfant, au sortir du ventre nourricier,
Plongé dans l'Océan, comme un brûlant acier,
Y prenait la trempe du brave.

La force était l'orgueil et l'âme des héros ;
La guerre était la vie et le but et le rêve
D'un peuple turbulent qui, pareil à son glaive,
Se rouillait au sein du repos.

Si la vaillance alors fut belle et rehaussée,
Qu'elle est plus grande encor, quand, fille de l'honneur,
Rien n'en a fait germer en nous l'instinct vainqueur,
Quand le bras cède à la pensée ;

En nos temps où la force est laissée en oubli,
Où la plume et l'outil ont remplacé l'épée;
Où de hauts intérêts l'âme préoccupée
Règne sur un corps affaibli.

— O Belge, tu n'eus point ces leçons gymnastiques,
Ton bras dès le berceau ne fut pas cultivé;
Ton âme seule est forte et t'a seule élevé
À ces prouesses athlétiques.

Ce sont quinze ans de joug, de malheur journalier,
De honte dévorée et de rudes alarmes,
Qui t'ont fait conquérir ce baptême des armes,
Et qui t'ont sacré chevalier.

Oh! comme ces fureurs d'un peuple dans les chaînes,
Ces maux que jette en nous la soif de liberté,
Retrempent les ressorts de notre volonté,
Au feu de vigoureuses haines!

Oui, c'est la liberté qui met la force au cœur,
Mieux que la soif du sang, ou la fougue sauvage;
C'est elle qui donna la palme à ton courage,
Elle qui fera ta grandeur.

Tu t'es conquis enfin ta libre destinée;
Mais, comme le barbare en qui de vains succès
Comblaient ce chaud besoin de généreux excès,
Ne crois pas l'œuvre terminée.

Lorsque ton bras, armé d'un courage étonnant,
Trancha la question d'être ou de ne pas être,
Dans le sang et les pleurs tu ne faisais que naître;
Et tu dois vivre maintenant.

— Tout s'agite; le sol déblayé de ruines
Offre une large arène aux nouveaux fondements;
On trace avec transport de nouveaux monuments;
L'espoir inonde les poitrines.

Tout renaît; la pensée en un progrès nouveau,
Et les arts, belles fleurs des nations prospères,
Et l'histoire... l'on peut se parer de ses pères
Quand libre enfin est leur tombeau.

Honte alors aux Judas qui, rêvant un salaire,
Oseraient attenter au seul vrai souverain !
Malheur à qui mettrait une barrière, un frein
A l'œuvre du droit populaire !

Insensé qui ne voit aux fastes des cités,
Qu'un cercle où l'homme tourne et jamais ne s'avance,
Et ne sait pas y voir cette spirale immense
Qui nous élève aux libertés !

L'erreur est dangereuse autant que l'infamie.
Oh ! qu'aucun de ceux-là ne préside à ton sort,
Belgique, ne crois pas à ces hommes de mort,
Toi qui dois marcher à la vie !

Dans ton travail sacré mets toutes tes amours ;
De ton avénement garde la foi féconde ;
Tu prends ta place au rang des nations du monde,
Songe à t'y maintenir toujours !

Il te faut, jeune peuple, une forte nourrice,
Une mère sublime, et c'est la liberté.
Tu dois chercher sans cesse au sein qui t'a porté
Le lait fécond de la justice.

Il faut que la patrie, embrassant tous ses fils,
Ne les distingue plus en classes arbitraires ;
Et qu'égaux dans son cœur, comme il sied à des frères,
Pour l'aimer ils soient tous unis.

Que les pauvres, tirés du gouffre d'ignorance,
Se relèvent au rang de libres ouvriers ;
Que les riches aussi sortent de leurs bourbiers
De privilége et d'arrogance ;

Que l'art ne rampe plus, lâche et nous énervant,
Mais, libre et généreux, qu'il rende l'âme forte ;
Diane de la paix, qu'il éveille et transporte
Et guide le peuple en avant !

— Seize ans déjà passés, une race naissante,
Comme au pied du grand chêne un taillis vigoureux,
Entoure de ses fils chaque jour plus nombreux,
Les hommes de mil huit cent trente.

Maintenant que le cri des révolutions
N'a, dans notre air calmé, que des échos paisibles,
Que les conseils d'alors sont des lois invincibles...
Hélas ! ou des dérisions !

O Belge, maintenant que ton indépendance
Tient à ta volonté formulée en vainqueur,
Il est bon que souvent tu retrempes ton cœur
Aux sources de ton existence !

Il est bon de porter ton esprit éprouvé
Sur des temps de misère et d'erreurs instructives ;
Il est bon de nourrir ton âme aux forces vives,
Aux principes qui t'ont sauvé.

Belge, comme un fanal, contemple ton histoire!
Apprends de tes aînés comment l'on devient grand ;
Fier de suivre leurs pas, trouve, en les admirant,
L'émulation de la gloire.

Ils t'ont montré le but ; à toi d'y parvenir!
Suis ton puissant génie au loin dans sa carrière ;
Et demande toujours à ta liberté-mère
Le mot d'ordre de l'avenir.

1846.

LE PARC.

Le parc! quel souvenir de gloire et de fierté!
Tombeau des ennemis de notre liberté,
A son aspect qu'on se découvre!
O leçon! c'est ici qu'un peuple révolté,
Au jour de son courroux, brisa la royauté
Devant les portes de son Louvre.

Vieux témoin des hauts faits des splendides tournois,
Des fêtes de seigneurs que tant de faste couvre! (*)
Mais, spectacle plus grand pour l'avenir qui s'ouvre!
Les sujets et le maître y luttaient cette fois.

Paris avait donné l'élan au cœur du brave :
Debout! Lion Belgique! et romps ta vieille entrave! —
Réprimant un subit effroi,
Le tyran avait dit : — Ce peuple en vain me brave;
JE MAINTIENDRAI! Qu'il reste esclave!..
Cinq jours, le roi fuyait et l'esclave était roi.

1837.

(*) Qu'on se rappelle les premiers faits d'armes du jeune comte de Charolois à l'âge de 18 ans [1454] et le repas champêtre que Bruxelles offrit à Pierre le Grand [1717].

LE MONDE,

ÉPÎTRE A UN JEUNE AMI.

Le monde, mon ami, t'ouvre son beau domaine :
Tu peux y récolter ou la joie ou la peine.
L'esprit du mal t'y guette et voudrait t'entraîner ;
Il promet le bonheur et ne peut le donner.
C'est lui qui, déchaînant nos passions brutales,
Change nos bons instincts en puissances fatales ;
Et de tous les trésors qu'en nous le ciel a mis,
Faussant un but sacré, nous fait des ennemis ;
Dès que nous composons avec ce mauvais ange,
Il nous traîne, aveuglés, par des sentiers de fange,
Et nous trouvons au bout, en croyant monter haut,
Les petites-maisons, le bagne, ou l'échafaud.

Ton cœur te défendra de cette ignoble voie ;
Mais la fange qu'on fuit, souvent on la côtoie ;
Il est loin du bourbier plus d'un sentier fatal ;
Le monde a de beaux noms pour colorer le mal.

Si vite on capitule avec sa conscience!
Dans la ruse et l'intrigue on voit une science,
C'est un combat d'esprit; on s'y sent bon lutteur;
Et le mal nous paraît un triomphe flatteur.
Mais, soit la vanité plus ou moins satisfaite,
J'estime le succès pire que la défaite;
Il est beau quelquefois et d'un homme de cœur,
D'avoir été trompé, jamais d'être trompeur.

L'un, en flattant les sots, les prend à la pipée;
L'autre s'enorgueillit des louanges qu'il paie,
Ou, voilant de grands mots son esprit positif,
Suppute en ses amours le passif et l'actif;
Il prend des dehors francs jusqu'à l'impertinence,
Cependant le mensonge est sa seule science;
Le bon chemin fût-il facile et fortuné,
Il n'en prendra qu'un seul, le chemin détourné.
Celui-ci, cuirassé de son outrecuidance,
Fait criée en tout lieu de son indépendance,
Et veut, par l'étalage augmentant sa valeur,
Se vendre au plus offrant, dernier enchérisseur.
Celui-là se dévoue assez, prudent apôtre,
Pour croquer les marrons qu'aura tirés un autre,
Et ne se compromet aux partis militants
Que pour les exploiter ou les trahir à temps;
Enfin, d'ambition empoisonnant sa vie,
Plus il est nul, et plus il se gonfle d'envie.
— Ainsi dans les succès et dans l'or, à tout prix,
On cherche le bonheur, on gagne le mépris!

Malheur à qui se dit : Il est sur cette terre
Un cœur qui me méprise, ayant droit de le faire!
Malheur à qui se dit : N'était l'adroit secret
Qui cache aux yeux ma vie, on me mépriserait!

Pour cet homme, il n'est point de bonheur en ce monde ;
Sur l'estime de soi, le vrai bonheur se fonde ;
Il peut, à force d'or, par un luxe suspect,
Usurper en tout lieu les semblants du respect ;
L'intrigue peut le mettre en un rang honorable,
Suprême... dans le fond, ce n'est qu'un misérable !
Que des plaisirs sans fin, qu'un amour généreux
Le comblent... dans son cœur, ce n'est qu'un malheureux !

Faut-il, pour vivre heureux, renverser, ô folie!
Les deux colonnes d'or du temple de la vie :
L'estime de soi-même et la paix des loisirs,
Pour semer aux débris les ronces des plaisirs,
Et remplacer l'honneur, beau palais en ruines,
Par des tréteaux boiteux de vanités mesquines ?
Non ! loin des bonheurs faux et près de nos malheurs,
Une main paternelle a prodigué les fleurs.
Le travail nous honore ; il remplit l'existence ;
Il est mille plaisirs qu'offre l'intelligence ;
L'humble contentement que nous laisse un bienfait
Passe tous les transports de l'orgueil satisfait.
La famille offre au cœur, en nos déserts de brume,
Une douce oasis que la femme parfume.
La femme! oh ! que ce nom rappelle à ton esprit,
Tout ce que l'on révère et tout ce qu'on chérit,
Une mère, une sœur, ta fille, ta fiancée ;
Garde-toi d'en souiller l'image en ta pensée !
Dans ce monde où si vite on deviendrait moqueur,
Vénérer quelque chose est nécessaire au cœur.
Quel trésor que l'amour d'une épouse fidèle !
L'espérer, c'est vouloir se rendre digne d'elle ;
Son sublime idéal, que tu peux rencontrer,
Fût-il un rêve? en rêve, il faudrait l'adorer.

—Ainsi, sur tous nos pas, la divine sagesse
Sema des fleurs de joie et des fruits de tendresse ;
Mais de la vertu seule ils bordent le chemin,
Et les beaux fruits du mal trompent l'œil et la main.

Ami, crois-en mon cœur! loin des écueils du monde,
De l'ornière du vice et de sa boue immonde,
Loin des Edens trompeurs, et des forum hantés
Par le cortége ardent des folles vanités,
Au-dessus de la gloire et de son plus beau dôme,
Plus haut que la colonne ou Trajane ou Vendôme,
Il est, inaccessible aux fous, aux orgueilleux,
Une sphère sereine et voisine des cieux !
Avec la paix du cœur, là, le bonheur réside ;
La simplicité règne et le devoir préside ;
Le travail ennoblit la médiocrité ;
Et le joyau qu'on porte au front, c'est la bonté.
Dès qu'on sait s'y placer, fort de sa conscience,
Oh ! comme on juge mieux les honneurs, l'opulence !
Comme on peut voir sourire et nous éclabousser,
Le noble et le puissant qui pensent nous blesser !
Comme on est au-dessus d'une telle blessure !
Comme on aime sa paix, son ombre et sa roture !
Et satisfait, heureux, d'un monde provoquant,
Comme on prend en pitié la fange et le clinquant !
Heureux ! car nul désir, vautour insatiable,
Ne nous gâte les champs, le sommeil, ni la table ;
Et contre tous les maux, on a, céleste abri,
L'auguste sentiment du devoir accompli.
Car il ne reste rien, après toute une vie,
Des trésors, des succès, des bonheurs qu'on envie,
Rien que pouvoir se dire enfin, vieux et calmé :
Je fus utile et bon; j'aimai, je fus aimé !

1849.

LE MONDE.

A UNE JEUNE FILLE QUI VOULAIT ENTRER AU COUVENT.

Oui, le monde est impie; oui, le monde est infâme;
Il n'a plus de respect ni de culte dans l'âme,
Il veut tout ravaler à ses abjections;
Son front est pein de doute, et son cœur plein d'envie;
Des plus doux trésors de la vie,
Il fait de viles passions.

Mais il existe encor des âmes généreuses,
De nobles dévoûments, des vertus vigoureuses;
Il est toujours des cœurs pour croire et pour aimer.
Sans tes justes, mon Dieu, que seraient nos Sodômes?
Il reste encor parmi les hommes
De bons grains qui peuvent germer.

Et quand le mal l'emporte et qu'on nie et qu'on doute,
C'est à vous qui gardez, justes, la bonne route,
Vous qui suivez sans cesse un céleste rayon;
A vous, à toi surtout que la ferveur transporte,
Toi dont la foi naïve et forte
Aspire à la perfection.

C'est à vous de former une noble milice,
D'opposer au tableau de l'erreur et du vice
L'exemple de cœurs purs, au bien toujours portés,
Et de perpétuer, dans un siècle rebelle,
La tradition éternelle
Des vertus et des vérités!

C'est à vous, dans la lutte où Satan prédomine,
De poser quelquefois le pied sur sa poitrine
Et de crier au monde : Il ne triomphe pas!
C'est à toi de prêter ta force aux causes saintes,
De n'avoir point de fausses craintes,
Et de ne point fuir les combats!

Si le bien régnait sans mélange
Sur la fragile humanité ;
Si toute femme était un ange,
Si le cœur épurait sa fange
Au soleil de la chrétienté ;

Si le monde était sans naufrage,
Si l'ardente voix des enfers
Qui retentit comme un orage,
N'était plus que le cri de rage
Du vaincu qui ronge ses fers ;

Alors il serait beau peut-être,
Quand toute lutte aurait cessé,
De vouloir consacrer son être
Aux louanges du divin Maître,
A l'amour d'un Dieu fiancé.

Beau de ne laisser son cœur battre
Que dans la prière à genoux,
Et, sans que rien le puisse abattre,
Quand il ne devrait plus combattre,
Lui créer des devoirs plus doux !

Mais, chaque jour plus languissante,
La foi cherche des défenseurs,
Et son aide la plus puissante,
N'est-ce pas la femme innocente,
Grande âme aux sublimes douceurs ?

N'est-ce pas la vierge ingénue,
L'épouse au pouvoir gracieux,
La mère dont la voix émue,
Près de son enfant, continue
Les chants qu'il écoutait aux cieux ?

1838.

LA LIBERTÉ EN 1839.

I.

Non, ce n'est plus le temps où devant un seul homme,
Un monstre, un mannequin que d'un beau titre on nomme,
Une plèbe abrutie inclinait les genoux;
Où Néron n'avait pas de spectacle plus doux
Que celui de voir brûler Rome!

Non! ce n'est plus le temps où devant un blason
Tout homme, quel qu'il fût, baissait son pavillon;
Où, devant un seigneur tout doré mais stupide,
La foule se courbait, en vassale timide,
Et semblait adorer un nom;

Où, la tiare étant en tous lieux adorée,
Ceux qui tenaient au joug quelque vaste contrée,
Fléchissaient devant elle, en esclaves soumis,
Pour voir, de par le ciel, leurs pouvoirs affermis
Et leur cruauté consacrée.

Et ce n'est plus le temps terrible et redouté
Où, par de nobles droits vers le crime emporté,
Tout un peuple, frappant d'horribles représailles,
Du sang des échafauds et des champs de batailles,
Gorgeait sa fauve liberté.

Non, ce n'est plus le temps des supplices infâmes,
Des croix, des chevalets, des gibets et des flammes,
Quand de la vérité persécutant la voix,
Au nom du droit divin, les prêtres et les rois,
Torturaient les corps et les âmes!

Ce temps où, sans pensée au cœur et sans fierté,
Le peuple gémissait;—mais la société,
Dans un cours moins atroce, est-elle plus heureuse?
Non, ce n'est plus un temps de tyrannie affreuse;
Mais avons-nous la liberté?

II.

La liberté! dérision amère!
La liberté pour nous fut un astre éphémère.
La liberté! mon Dieu! la liberté!
Mais pour réaliser ce grand espoir du monde,
Mais pour la préserver de tout contact immonde,
Cette pudique déité,
Il faut un cœur d'airain, un bras que rien ne dompte,
Il faut ne point trembler ni céder avec honte
Au premier vent dont on est agité!

France, réponds, est-ce être libre :
De l'Europe tenir en tes mains l'équilibre,
Te nommer France, avoir force et valeur,
Tenir le premier rang aux pages de l'histoire,
Ébranler l'univers d'un geste de victoire,
Puis, comme soumise à la peur,
A l'heure des hauts faits, languir dans l'inertie,
Et céder tout pouvoir à la diplomatie,
Lorsque devrait régner l'honneur!

Voir des amis, voir d'anciens frères d'armes
S'armer d'un fer vengeur et braver les alarmes,
Fier David qui s'attaque au géant monstrueux!
Battre des mains, émue, à leur effort sublime;
Et quand tu vois dompté leur courroux magnanime
Par le Cosaque plus nombreux,
Laisser fermer ton cœur à l'appel de ces braves,
Devoir paraître lâche, et les souffrir esclaves,
Et réprimer ton élan généreux!

Avoir pourtant ta charte populaire!
Ne plus porter de joug, ni craindre d'arbitraire,
Et dans ton sein, pour défendre tes lois
Contre un pouvoir tremblant qui sans cesse s'agite,
Te choisir, il est vrai, des citoyens d'élite;
N'avoir plus de despotes rois!
Mais ces rois, investis de la toute-puissance,
Voyaient leur propre honneur dans l'honneur de la France,
Et le gardaient, s'ils violaient ses droits.

France, réponds, est-ce être libre:
Avoir un noble cœur qui s'enflamme et qui vibre
Pour la gloire... et sentir ton élan arrêté?
Voir un peuple voisin, frère de corps et d'âme,
Avili, mutilé par un trafic infâme,
Et le souffrir, ô lâcheté!
Bourreau, prêter ton bras pour dompter la victime!
—O pays glorieux de dévoûment sublime,
Voilà pourtant ta liberté!

III.

Pauvre Belgique ! Hélas ! après bien des naufrages,
Après de trop longs jours d'esclavage et de deuil,
Un air libre, un jour pur succédait aux orages !
Elle sortait enfin, vivante, du cercueil !

Longtemps elle avait vu, vendue et délaissée,
L'étranger comprimer l'essor de sa pensée
Et river à ses fers quelque nouveau chaînon ;
Au linceul des tyrans longtemps ensevelie,
Victime que l'on plaint et qu'enfin l'on oublie,
Elle avait tout perdu, tout jusques à son nom.

Mais un jour, un grand jour de valeur énergique,
Sortant de son sommeil elle s'arma soudain,
Elle dit : Il est temps que naisse une Belgique !
Et les rois dirent : non ; mais le dirent en vain.

O ma patrie, alors tu relevais la tête ;
Comme la fleur plus belle après une tempête,
De grâce et de fierté ton front se revêtait ;
Le peintre au front brûlant s'inspirait de ta gloire,
Le sculpteur enflammé burinait ton histoire,
Renaissant avec toi, le poète chantait.

Mais quel sombre ouragan souffle sur nos frontières ?
Paîrons-nous nos succès au prix de tels affronts ?
Vainqueurs, livrerons-nous quatre cent mille frères !
Non ! la Belgique n'eut qu'un cri : Nous combattrons !

Aux armes ! et toi seul, saint comme la prière,
Toi, pur comme un regard de l'aube printanière,
Amour de la patrie et de la liberté,
Toi seul nous enflammais ; du haut de la puissance,
Un grand cri de courage et de persévérance
Retentit, par tout Belge aussitôt répété.

Aux armes! Notre honneur, les champs de la patrie,
En lambeaux, dans nos mains, seront-ils déchirés?
Aux armes! Verrons-nous rendre à la tyrannie
Des Belges dont le sang nous en a délivrés? » —

Les écoles s'armaient avec transport; l'armée
Du feu des cinq grands jours se sentait enflammée;
Septembre renaissait dans toute sa vertu!
Aux armes! nul de nous, souriant à la gloire,
Ne voyait le danger, mais déjà la victoire!
O peuple! qui t'aurait vaincu?

IV.

Trahison! comédie infâme!
Oh! pourquoi, pourquoi! dans nos cœurs,
Avoir attisé cette flamme
Qui bientôt nous eût faits vainqueurs?
Trahison! Ils se font un jeu de nos courages!
Quoi! ces nobles discours, quoi! ces vaillantes rages?...
Dérision! et feinte horrible à concevoir!
Ces valets de bourreaux de la diplomatie
Immolent sans pudeur leurs frères, leur patrie;
Traîtres à notre honneur! traîtres à leur devoir!

En vain une voix aguerrie,
— C'est la voix de la liberté,
De l'honneur et de la patrie! —
Contre la honte a protesté.
Lâches! d'un peuple brave ils livraient les pénates!
Emeutiers de septembre, aujourd'hui diplomates,
Quand eût vaincu le peuple, eux, avaient exploité!
Les rois leur reprochaient notre sainte révolte;
Oh! rassurez enfin votre orgueil qui récolte,
Mil huit cent trente est racheté!

A la frayeur, à l'égoïsme,
Ils nous ont vendus lâchement ;
Plus de combats ! Plus d'héroïsme !
Ils ont proscrit le dévoûment !
Les rois veulent la paix ; son prix est notre honte !
Qu'importe !—Obéis, peuple, et que ton cœur se dompte !
Tends la joue aux affronts d'un despote étranger !
Opprobre sur les rois ! aux traîtres anathème !
Retombent sur leur front notre honte suprême
Et le sang qui devra couler pour la venger !

Silence, silence, poète !
Muse, plus d'inspiration !
Ta lyre doit rester muette
Au tombeau de ta nation.
A moins qu'impitoyable, à la terre étonnée,
Tu dises les fureurs de ton âme indignée,
Silence ! ou prends ta foudre et maudis les Judas !
Sculpteur, brise du pied ton œuvre commencée,
Peintre, mets en lambeaux la toile où ta pensée
Avait éternisé nos civiques combats !

Et maintenant, quoique honnie,
Tu gardes ton nom et ton rang !
Ton rang : une amère ironie ;
Ton nom : un reproche sanglant !
Province si puissante, à présent mutilée,
Courbe ton front à terre et languis désolée ;
Sois neutre, vil eunuque et dompte ta fierté !
La liberté n'est plus pour qui se déshonore ;
Et maintenant qu'on vienne encore
Parler Patrie et Liberté !

V.

A Gendebien.

Gloire à toi, qui fidèle à nos droits, à toi-même,
Jetas aux trafiquants le cri de l'anathème :
L'héroïsme partout le répétait en chœur!
Non, cent mille fois non, pour autant de nos frères!
Rien n'a pu déjouer ces trafics de corsaires!
Mais quand le Belge prend le deuil de son honneur,
Quand la liberté fuit, traînant un long suaire,
Il lui reste chez nous du moins un sanctuaire,
Gendebien, c'est ton cœur!

1839.

A UN POÈTE DE CLOCHER.

Ami, tes vers sont beaux : on s'émeut, on admire ;
On dit : la muse est là, c'est un dieu qui l'inspire;
Et nous, — la poésie est notre unique soin, —
Émus, battant des mains, nous chantons ta victoire :
Poète, as-tu jamais si haut porté ta gloire?
Iras-tu jamais aussi loin?

Mais la réflexion vient, puissante réserve ;
Quand notre enthousiasme, emporté par ta verve,
Cède un succès complet à tes vers triomphants,
Elle arrête tes pas d'une main forte et calme,
A tes premiers lauriers elle arrache une palme ;
En vain je te défends.

Notre admiration se ternit d'un nuage ;
On sent je ne sais quoi qui blesse et décourage,
On n'est pas satisfait, et c'est bien beau pourtant!
On se dit : cet athlète a des muscles d'Antée ;
Mais pourquoi sa couronne est-elle disputée?
Que lui manque-t-il donc pour être vraiment grand?

Il te manque, poète, il te manque une cause
Digne de l'anathème ou de l'apothéose,
Pour qui ce soit honneur que d'avoir combattu !
Aux luttes de Jacob il faut les bras de l'ange ;
Il te manque un Néron à traîner dans la fange,
Il te manque un héros de crime ou de vertu.

Est-ce pour avorter d'une foudre mesquine,
Que Dieu te remplit la poitrine
De cette voix qui sait effrayer et toucher ?
La grandeur, du génie, est la première règle.
Ah ! comment as-tu pu prendre des ailes d'aigle
Pour élever ton vol jusques à ton clocher ?

Non, les beaux vers sont fils d'une haute pensée ;
Sur de nains intérêts quand la muse est fixée,
Quelque sûr et profond que serait son coup d'œil,
Quoiqu'elle se sentît au sein un souffle immense,
Elle abdique, elle perd sa première puissance,
Dès qu'elle méconnaît son légitime orgueil.

Oh ! si tu peux lancer, ainsi qu'une tempête,
Des rimes qu'en secret quelque badaud répète,
Des pensers sans échos hors de tes murs étroits,
Que seraient donc tes chants si tu parlais au monde,
Si d'une grande cause et d'une foi féconde
S'illuminait ton âme et s'inspirait ta voix ?

Ne perds pas ton génie en une indigne sphère ;
Nous avons des héros pour la lyre d'Homère,
Tu ne fouilleras pas nos annales en vain ;
Ou, s'il faut à ton bras la verge d'Archiloque,
Sois digne, monte aux cieux ; du haut de ton époque,
Brandis sur l'univers le jugement divin.

A nos portes encor règne la barbarie;
Là, près des fleuves d'or que roule l'industrie,
La faim, nouveau tyran, met un peuple aux abois;
La justice est ailleurs une fausse balance
Où la victime encor, d'une libre défense,
Ne peut poser le contre-poids.

Les saints membres du peuple ont encore leur plaie;
Le pauvre attend toujours sur son abjecte claie;
Le riche tout-puissant change en crimes son or.
A-t-on brisé le knout? a-t-on brisé la roue?
Justice, liberté, vérité qu'on bafoue,
Toute religion a des martyrs encor.

Frappe, abaisse le mal en élevant notre âme;
Contre toute noirceur que ta muse réclame!
Si tu ne peux broyer le bourreau sous ton pié,
Arracher la victime à la haine qui gronde,
Tu porteras du moins au tribunal du monde
Le noble appel de la pitié.

Oh! rien ne tarirait ta verve généreuse;
La liberté, chez nous, est déjà vigoureuse;
Mais si le crime est rare et plus douces les mœurs,
N'est-il pas mille erreurs à déjouer dans l'ombre?
Les vertus dont la terre a besoin sont sans nombre;
Manque-t-il d'héroïsme à semer dans les cœurs?

Parle, et pour triompher de la faiblesse humaine,
Pour que nos gouvernants soient sourds à la syrène,
Au cri de l'intérêt qui veut les retenir,
Pour qu'ils bravent l'écueil des passions infimes,
Fais briller ton génie en croyances sublimes,
Comme un phare sacré montre-leur l'avenir.

La Pologne, l'Irlande est là ! — mais je m'arrête...
Pour ces sommets brûlants ma muse n'est point faite ;
Moi dont la vie obscure est toute à l'idéal,
Qui, dans les maux cachés ou la joie indiscrète,
Ne sais, en mon humble retraite,
Que moduler le chant d'un rêve virginal.

Mais toi, le fouet d'airain est ton arme choisie ;
Frappe, mais souviens-t'en, la sainte poésie
Est pudique et répugne à servir les partis ;
Dans les cieux, d'un regard, elle embrasse le monde ;
Et toi, toi, cette vue élevée et profonde ;
Tu t'en sers pour scalper d'infiniment petits.

Tu profanes ta muse, hélas ! tu la mutiles !
Comment aux scandales futiles
Oses-tu rabaisser cette fille des cieux ?
Oh ! tais-toi ! laisse-lui sa patrie immortelle ;
Ou plutôt, tu le peux, élève-toi près d'elle ;
Qu'elle puisse avouer tes chants audacieux !

Pour instruire le monde en ïambes robustes,
Il faut tremper son âme aux sentiments augustes...
— Ton vers donne à l'idée un reflet étonnant :
Poète, en ce travail respecte-le toi-même,
Donne-lui des pensers à sa hauteur suprême,
Et sois digne pour être grand !

1846.

A Mlle RACHEL.

Depuis quarante ans, la France nouvelle a vu se produire dans diverses branches de sa littérature, des gloires qu'elle peut sans vergogne associer aux gloires de son passé; le théâtre seul n'est pas encore dignement représenté.

(*Biographie d'*A. Dumas,
par un homme de rien.)

Le Kain avait perdu le sceptre avec la vie;
Mais Talma, prenant place au trône du génie,
Pour l'élargir encore et l'emplir à lui seul,
Avait fait, tout un règne, oublier son aïeul;
George abdiquait le drame et Mars la comédie;
Duchesnois n'était plus, l'antique tragédie
Du sommeil de la mort avec elle dormait,
Interrègne énervant dont Paris s'alarmait!
Soudain tout se leva pour applaudir; la scène
Redevenait un trône et trouvait une reine;
C'était vous! le front ceint des bandeaux consacrés,
Digne fille des dieux au théâtre adorés,
Vous nous apparaissiez; l'on voyait, ô merveille!
Éclater dans vos yeux tout le feu de Corneille;
Racine retrouvait mille nouveaux appas.
La race du génie, en France, ne meurt pas!

3.

Interrompue un jour, sa lignée éternelle
Inaugurait en vous une époque nouvelle.
Tel, lorsque un peuple armé brise de vieilles lois,
Si le sage qui sait ses besoins et ses droits,
Paraît,.. chacun espère; il dit, la paix se fonde,
Le chaos a trouvé la main qui le féconde.

Des grands siècles alors les chefs-d'œuvre immortels
Reconquirent le rang de leurs premiers autels;
L'un après l'autre on vit leurs hommes de génie
Retrouver la splendeur qu'en vain on leur dénie,
Et vous, les relevant d'un prétendu tombeau,
Vous allumiez votre âme à leur divin flambeau.
Alors on eût cru voir s'unir en votre gloire
A la muse des vers la muse de l'histoire,
Pour chasser un nuage avec peine entassé
Et rendre à l'univers les astres du passé.

Grande comme ces dieux dont vous êtes la fille,
Rendez, rendez la vie à toute la famille;
Mais n'allez pas trahir vos triomphes si beaux
Et fourvoyer leur marche à travers des tombeaux.
Ne portez pas toujours vos regards en arrière;
De tout ce qui fut grand montrez-vous l'héritière;
Mais il est plus d'un nom que le temps a vaincu,
Il est des morts bien morts ou qui n'ont pas vécu;
Votre génie en vain galvanise ces ombres;
Nous ne pouvons vous suivre en leurs sépulcres sombres,
Et, le regret troublant notre admiration,
Nous disons : le passé sera-t-il sa prison?

Non, le passé n'est pas votre gloire absolue!
Il sert de piédestal, il n'est pas la statue.
L'art antique vous donne un titre incontesté
Et consacre les droits de votre royauté,

Mais ce n'est pas régner que rester sur le faîte,
Sans vouloir du progrès avancer la conquête,
Que vivre en ses aïeux, et, n'ayant d'autre soin,
Sembler dire à leurs fils : Vous n'irez pas plus loin.
Il faut que l'arbre saint qui fleurit sur le trône,
De moissons de fruits d'or se couvre à chaque automne,
Et que l'arc triomphal d'un passé glorieux,
Au présent, son émule, ouvre un chemin aux cieux.
Votre talent n'est pas comme une langue morte ;
Non, il faut qu'en avant il marche et nous transporte,
Et, s'allumant aux feux d'un sacré souvenir,
Qu'il soit à votre front l'astre de l'avenir !

Votre grandeur est là, mission fortunée
A qui, dès le berceau, vous êtes destinée.
La France attend de vous cet élan tout puissant,
Qui, parti d'un grand siècle, en instaure un plus grand ;
Dans notre crépuscule, à vous de faire éclore
La force qui fermente et n'attend que l'aurore.
Phénix qui ne meurt pas, mais change avec les temps,
L'art dans la tragédie eut des jours éclatants ;
Il renaît, dépouillant une forme épuisée,
Ne le cherchez donc plus dans sa cendre glacée !
On ne change en momie aucune nation ;
Après Louis le Grand, place à Napoléon !
Vous ainsi, dans un art dont nous conservons l'âme,
Faites couler à flots le jeune sang du drame.
En avant ! sur vos pas, les arts régénérés
Du temple romantique élèvent les degrés ;
Tous ceux qui tristement vous suivaient dans l'ornière,
Heureux, libres, plus forts, marchent à la lumière ;
Nouveau monde ! au berceau si richement doté
Par la philosophie et par la liberté !
La Grèce l'illumine, et Racine, et Shakspeare,
Pour ce digne héritier, unissent leur empire.

Notre histoire renaît en ses fastes divers,
Et triomphe du doute, et montre à l'univers
Que, s'étant faite reine aux sphères héroïques,
Elle était digne aussi des pavois poétiques.
Tout un passé d'efforts, d'essais et de travaux,
Ce lent enfantement de trois siècles rivaux
Où Marot, Rabelais, et Montaigne et Malherbes
Ont taillé notre langue en diamants superbes,
Jusqu'aux grands jours où vint le siècle souverain,
De ces trésors épars, faire un royal écrin,
Et tout ce que nos temps d'ardente renaissance
Ont ajouté de feu, de vie et de puissance
En la cuve où toujours la langue rajeunit,
Tout pour notre grandeur fructifie et s'unit ;
Tout devient l'élément d'un avenir immense.
Déjà les fondements en sont assis ; la France
L'entrevoit, le connaît, l'appelle, et son transport
N'attend qu'un chef puissant qui la conduise au port.

Ainsi, lorsque Colomb s'apprêtait sur nos grèves
A suivre dans leur vol ses gigantesques rêves,
— Les palais de la mer que Tyr nous a donnés,
Et que vingt siècles d'art ont perfectionnés,
La force de la foudre au salpêtre empruntée,
La science nautique et l'aiguille aimantée, —
S'il prit au monde ancien tous ses pouvoirs divers,
Ce fut pour conquérir un nouvel univers.

Paris, 1846.

LES PLAIES SOCIALES.

Homme, quand pourras-tu modérer tes désirs,
Et, borné dans tes biens, simple dans tes plaisirs,
Ne pas courir sans cesse une ardente chimère,
Mais, satisfait du rang que t'a laissé ton père,
N'avoir d'ambition, loin des soucis jaloux,
Que de t'y maintenir dans l'estime de tous?

Le démon de l'orgueil possède notre époque
Et l'ardeur de jouir l'excite et le provoque.
Le monde est emporté dans un vain tourbillon
Que la volupté guide avec l'ambition.
Rien aux rêves humains ne semble inaccessible;
On prétend reculer les bornes du possible;
Et l'enchanteur fameux, le dieu dont on attend
Merveilles et bonheur, c'est l'or, nouveau Satan!
A ses autels impurs, le monde sacrifie
Ce qui seul nous devrait faire estimer la vie,
Le respect de soi-même et de sa dignité;
Et, couvert du manteau de la légalité,
A sa recherche ardente on épuise sans cesse
Tout ce qu'à l'égoïsme inspire la bassesse,
Ruse, corruption, concussion et dol,
Tous les déguisements que peut prendre le vol.
— A quelque source impure à moins qu'on ne la puise,
La richesse n'est pas chose qu'on improvise;
Et, lorsque des millions passent aux mains d'un gueux,
Cet homme est trop adroit pour être scrupuleux.

Il n'est que de savoir ménager l'apparence
Et d'oser prendre en main l'honneur de la finance,
Si d'imprudentes voix accusent nos succès,
Plaider en calomnie et gagner le procès!
Et l'honneur est intact lorsque la loi bénigne
Nous déclare honnête homme, et qu'un greffier le signe!
Puis la fortune est tout; au fond d'un sac d'écus
On a tous les bonheurs et toutes les vertus.

Ce trésor mal acquis, ce n'est point qu'on l'entasse;
Au luxe de l'orgueil l'avarice a fait place;
On s'en pare, on y cherche une fausse grandeur,
On l'échange en plaisirs, en morgue, en impudeur;
Car ce Dieu complaisant nous rend tous les services,
Permet bien des abus, rachète bien des vices;
Il enlève l'obstacle, il exclut le devoir;
L'amour même, on le croit, se rend à son pouvoir.

Jadis la route était plus lente mais plus sûre;
On voulait acquérir, gardant son âme pure,
L'honneur par le mérite et l'amour par l'amour.
Aujourd'hui, l'on ne peut attendre plus d'un jour;
On veut gagner la chance au premier tour de roue;
Le chemin est plus court en traversant la boue!
Et, puisque tout se vend, pourquoi rien mériter?
De l'or donc, et de l'or! il faut tout acheter!
— Tel qui vole l'Etat convoite un ministère;
Tel, dans un coup de bourse où plane un vil mystère,
Voit sa fille élevée à la main d'un baron,
Dont, n'importe le reste, elle porte le nom.
Tel autre veut, aux yeux d'un parterre idolâtre,
Couvrir de diamants des Phrynés de théâtre;
Ou pouvoir afficher les prudes du bon ton,
Ou de trafics d'amour ravager le canton,
Et l'on sait le grand mot d'un homme qu'on admire :
« Qui résiste au bijou, se rend au cachemire. »

L'un en luxe, en chevaux, en femmes, en repas,
A son riche voisin, veut disputer le pas;
Nés tous deux dans la fange, une immense faillite
Mit les fils aux pavois et les pères en fuite;
Mais dût s'y gaspiller tout l'or ainsi gagné,
Jean ne cédera pas, si Paul n'est ruiné.
L'autre veut des hôtels, un luxe qui fascine,
Pour garder son crédit, en hâtant sa ruine;
Celui-ci, des chevaux qui fassent des jaloux;
Celui-là, que sa femme ait les plus beaux bijoux.
Et tous, précipités dans une fausse route,
Au milieu des grandeurs, vont à la banqueroute.
Auprès de son trésor on ne meurt plus de faim;
Mais tant d'excès conduit à quelque horrible fin:
On meurt, frappé des lois ou par le divin Maître,
D'orgueil à Charenton, ou de honte à Bicêtre.
Chaque jour, quelque grand tombe en s'avilissant,
Et le nombre des fous va chaque jour croissant.
Ou bien, juge insensé, de soi-même on décide;
Pour couronner sa vie, on prend le suicide,
Et, symptôme alarmant! à l'heure du remord,
On ose blasphémer Dieu jusque dans la mort.
Ainsi l'orgueil aveugle et pousse dans l'abîme!
Ainsi l'abus de l'or mène du vice au crime!

O grand Quatre-Vingt-Neuf! ô Quatre Août! sainte nuit!
De tant de dévoûment qu'est devenu le fruit?
Mémorables instants d'entraînement sublime,
Où, transformant le corps, l'âme entière s'anime,
Où, sur tout front descend une langue de feu,
Où dans l'homme plus rien n'est humain, tout est Dieu!
D'innombrables abus, d'indignes priviléges
Cernaient le genre humain de trames sacriléges,
Chaque vice en un droit se trouvait érigé:
Grande fut la noblesse et saint fut le clergé!

Chaque ordre à sa patrie offrit un sacrifice,
Et des iniquités s'écroula l'édifice!
Le peuple frénétique applaudissait en chœur
A ce sublime élan qu'avait donné son cœur.
On rêvait l'âge d'or des grandes républiques :
Plus d'élus oppresseurs, plus de serfs politiques!
Les abus extirpés, l'heureuse humanité
N'ayant qu'un même sort par la fraternité!
Le droit du sang cédant au mérite suprême,
Le caprice d'un homme à la voix de Dieu même,
Et les vertus du serf qui souffrait en chrétien
Aux vertus du cœur libre et du bon citoyen!

Vain rêve! Hélas! faut-il que dans nos temps infimes
Le mal ait ses suppôts encore et ses victimes?
O glorieuse époque! était-ce donc en vain
Que s'ouvrait à nos yeux ton horizon divin;
Et d'un si noble orgueil et d'un espoir si juste
Devais-tu transporter le cœur du peuple auguste,
Si ta grande pensée aux foudres éclatants
Ne devait que changer le nom des exploitants;
Si la cupidité, les intérêts iniques
Devaient nous tenir lieu des abus tyranniques,
Et nous montrer, après un cataclysme ardent,
Du stupide veau d'or le règne dégradant;
Après le grand pouvoir usurpé par l'épée,
De l'aune et des faux poids la puissance usurpée;
Après l'orgueil de race au cœur des fils de rois,
La gentilhommerie au front plat des bourgeois!

Oh! tyrans pour tyrans, scandales pour scandales,
Je préfère l'orgueil des grandes cours royales.
L'histoire nommera toujours avec honneur
Les princes de Versaille et ceux de l'Empereur,
Mais elle frappera de blâme ou de silence,
Ces grands dont la bassesse égale l'insolence,

Enrichis aujourd'hui, décorés, blasonnés,
Et de leurs vanités demain désarçonnés!
Et si l'on ne savait qu'en cette ère orageuse,
Ce n'est là de nos flots que l'écume fangeuse,
Que la vie est ailleurs, ailleurs les germes vrais
De force et d'avenir que sème le progrès,
Dans ce siècle vénal, ô riches, qui vous livre
La gloire et le pouvoir, on rougirait de vivre,
Et nous n'oserions pas, ô despotes bourgeois,
Vous comparer sans honte aux seigneurs d'autrefois.
Chiens de cour des palais! oui, mais dans leurs tanières
Ils attachaient un culte aux royales bannières;
Ils écoutaient, suivant un prestige trompeur,
Quelque chose du moins qui leur parlait au cœur;
Ils servaient une idée et la servaient en braves.
Vous, courtisans de l'or, vous en êtes esclaves;
Oppresseurs comme vous, mais par d'autres penchants,
Ils naissaient grands seigneurs, vous restez des marchands!

Je sais, — et ce n'est pas dans l'île d'Utopie, —
Des lieux où l'on échappe à cette lèpre impie;
Un travail assidu, là, comme au bon vieux temps,
Amasse, sou par sou, le pain des derniers ans,
Et, sans demander rien à l'intrigue funeste,
On compte sur son bras; l'épargne fait le reste.
Cet or laborieux, patiemment acquis,
On n'en achète point des titres de marquis,
Mais, sachant ce qu'il coûte, on veut qu'il fructifie
Pour tous, denier sacré que le ciel nous confie.
L'on va toujours à pied, l'on conserve son cœur
Loin de l'ingrat oubli, loin du dédain moqueur;
Et sans changer d'amis, sans prendre de livrée,
D'un bien-être croissant la famille entourée,
Les fils mieux élevés, les filles en honneur,
Tout annonce l'aisance et l'ordre et le bonheur.

La servante, vieillie au foyer de son maître,
Après sa part des soins, a sa part du bien-être;
Rien dans cette maison n'affecte un luxe vain,
Mais chaque jour le pauvre en sait mieux le chemin.

Le roman peut chanter le vice et l'adultère,
Peut railler les devoirs les plus saints de la terre,
Et trouver de grands mots pour tout autoriser,
Et corrompre les mœurs qu'il prétend esquisser!
Là, dédaignant sa voix, avec soin, l'on s'applique
Au paisible bonheur du foyer domestique.
Les époux qu'assortit un amour mutuel
Ne cherchent point ailleurs de plaisir criminel;
Là, d'un or corrupteur tout le prestige expire,
Les fausses passions, là, perdent leur empire,
Et l'amour des enfants, sanctifiant l'hymen,
Mêle les plus doux fruits aux fleurs de son chemin.

— Mais ce n'est pas ainsi que l'on vit à la ville!
C'est remplir ses devoirs d'une façon servile!
Il faut laisser à Sparte, aux vieux républicains,
Ce bonheur populaire et ces plaisirs mesquins!
Dans un cercle borné c'est enchaîner sa vie,
Loin de tout noble élan, de toute haute envie!
Quand un vaste horizon s'ouvre devant nos pas,
C'est abdiquer son rang d'homme, c'est n'être pas
Du monde!... — O bonnes gens, ne soyez pas du monde!
Vivez en paix, bravez le vice qui vous fronde,
Méprisez le faux lustre et l'inique pouvoir
De l'or, et noblement portez votre devoir:
Pénible aux premiers jours, mais bientôt douce charge!...
Et vous n'aurez jamais à craindre une Lafarge;
Jouet des passions, ce monde, au mal enclin,
Forme les Outrebon, les Teste, les Praslin!

Janvier 1848.

GENTILHOMMERIE.

Ce siècle n'est-il pas assez vénal encor,
Et n'est-il pas assez idolâtre de l'or?
Un coquin enrichi dans des mystères louches ;
Peut courber tous les fronts, fermer toutes les bouches.
Où sont nos Catinats? où sont nos Régulus?
Le courant de l'époque est tout au Lucullus?
Les vertus imposaient à notre âme ravie;
L'or usurpe un respect que dégrade l'envie.
Vois ces jeunes vieillards! quels intérêts profonds,
Quels grands soins, avant l'âge, ont dévasté leurs fronts?
La ride du penseur est une noble ride;
Mais eux, rien n'a germé dans ce sillon aride,
Et ce qui le creusa, signe de publicain,
C'est le souci du lucre, et l'âpreté du gain.
Pourquoi non? puisque l'or est le pouvoir suprême,
Que devant lui tout cède, et la justice même!

Mais ne suffit-il pas qu'il donne, ô vanité!
Les honneurs, le crédit, même l'impunité?
Que jusque dans l'état, par notre impéritie,
Il consacre le droit de sa suprématie,

Et trouve, par le cens, entre tous citoyens,
Des privilégiés et des béotiens?
Qu'il prenne pour le riche, indigentes familles,
Et le sang de vos fils, et l'honneur de vos filles,
Et satisfasse ainsi, trafiquant de vos pleurs,
Son devoir à l'armée, et ses vices ailleurs?
Mais ne suffit-il pas qu'il puisse enfin soumettre
L'art qui se vend au poids et la pensée au mètre?
N'a-t-il pas dans nos mœurs, nos préjugés, nos lois,
Un domaine assez vaste et d'assez hauts pavois,
Pour qu'il faille créer des titres qu'il achète,
Lui jeter des chiffons afin qu'il les crochète,
Et lui vendre au comptant la noblesse?.. Oh! non! non!
L'or, ainsi que le sang, n'en donne que le nom.
Un grimoire en vélin ne peut plus être un titre;
Des rangs et des honneurs la raison est l'arbitre;
Jetons sur ces hochets notre dédain moqueur:
Il n'est qu'une noblesse, et c'est celle du cœur!

Jadis la gloire était, par ses armes célèbres,
Comme un premier rayon qui perçait nos ténèbres,
Et commençant ton œuvre, ô sainte humanité,
Nous donnait la grandeur, avant la liberté.
Alors naquit l'esprit de la chevalerie,
De deux saintes amours: l'honneur et la patrie!
Sur des siècles entiers d'exploits victorieux,
Les monarques fondaient leurs ordres glorieux,
Et sur les plus vaillants, d'une main libérale,
Etendant leur hermine et leur pourpre royale,
Modèles de la gloire et ses meilleurs experts,
Ils disaient: Soyez grands, vous marcherez nos pairs.
Et ce noble aiguillon, pressant le cœur du brave,
Faisait mille héros au sein d'un peuple esclave;
La noblesse était belle et pure en plus d'un point;
Mais on la méritait, on ne l'achetait point.

La noblesse aujourd'hui ne nous est parvenue
Que comme un vieux manteau d'une époque inconnue,
Qui, déchiré cent fois, cent fois rapetassé,
Ne garde aucun lambeau des splendeurs du passé;
A sa pourpre sans tâche, à sa blancheur suprême,
Chaque siècle arrachait, remplaçait quelque emblème;
Robe trouée à jour d'un fer républicain,
On n'en a plus refait qu'un habit d'arlequin;
De son premier éclat, plus rien ne s'y révèle;
On dit: c'est elle encor; — non! non! ce n'est pas elle!

Et c'est quand le bon sens la laisse aux chiffonniers,
Qu'on la veut acheter et vendre à vils deniers,
Qu'on ose, relevant un mérite équivoque,
Se draper en héros avec cette défroque;
Qu'on croit, en y joignant quelque titre acheté,
Apprendre un nom obscur à la postérité!

La gloire! au cœur du peuple est l'autel de la gloire;
Il n'est jamais ingrat, il a bonne mémoire;
Il rouvre aux morts fameux les portes du tombeau;
Ce qu'il garde en son cœur est immortel et beau.
Mais quand Dieu leur donna ce saint dépositaire,
Qu'est-il besoin encore aux gloires de la terre,
Pour les perpétuer au lointain avenir,
Qu'on joigne un titre creux à leur grand souvenir?

Que dis-je? quand un nom plaît au peuple, il commence
Par le débarrasser d'un fatras de démence;
Du titre de monsieur, vite il l'a raccourci,
Et ce qui blesse ailleurs est une gloire ici!
A sa noble hauteur dans les cieux il l'emporte,
Il le frappe dans l'or à son empreinte forte.
Ainsi, sans rappeler quel titre ils ont porté,
Roland dit la vaillance et Laure la beauté.

4.

Que sait-on des *Du Lys?* Mais nommez la Pucelle,
Et le plus humble toit célèbre l'immortelle;
Le peuple est conséquent, s'est-il jamais enquis
Si Rubens fut baron et Voltaire marquis?
Dit-il : De Béranger? Connaît-il, je vous prie,
Le marquis de Davy de la Pailletterie?
Non! parfois s'il ajoute à des noms qu'il chérit,
Ce n'est pas un vain mot que sa raison proscrit,
C'est un beau souvenir que son amour renomme,
C'est ce qui de son cœur rapprochait le grand homme,
C'est un Cœur-de-lion, ou c'est la poule au pot!
Ce sont les cheveux blancs, c'est le petit chapeau!

Et ces titres d'amour, les vrais titres de gloire,
Il ne les tire pas d'une urne aléatoire,
Il les donne à qui l'aime et le sert avec feu,
Et vous achèteriez plutôt la voix de Dieu!

Un jour — c'était au temps où l'état cacochyme
Se sentait chanceler sans voir encor l'abîme;
Déjà l'on n'aurait pu du peuple gémissant,
Comme d'un sein tari, rien tirer que du sang, —
Un ministre, *égaré par la philosophie*,
Voulut, au moribond croyant rendre la vie,
Imposer la noblesse et qu'une fois au moins
Les élus de l'état servissent ses besoins :
Plus le rang serait haut et le titre sublime,
Plus, avec le devoir, devait croître la dîme;
Mais ce grand corps était sans âme; dans ses droits
Il ne voyait qu'un titre aux aumônes des rois;
On vit les courtisans, reniant leur nature,
Chercher dans leurs greniers des titres de roture;
Heureux de quelque tâche à leurs nobles vélins,
Ils répondirent tous : nous sommes des vilains.

Les temps sont bien changés : nos bourgeois que l'on prône
Ne tendent plus la main aux largesses du trône ;
On s'enrichit ailleurs ; le parvenu puissant
Pourrait faire à son roi l'aumône à cinq pour cent ;
Mais fortune et pouvoir ne le contentent guère
S'il n'a quelques hochets interdits au vulgaire ;
Pour vendre la noblesse élevez un tréteau
Et mille fous viendront surenchérir bien haut !

Ah ! pour la dégrader si vous vouliez la vendre,
Aux éloges de tous vous auriez pu prétendre ;
Fesons plus ; puisque après des votes solennels
Il ne nous suffit pas, comme aux temps fraternels,
Que l'on dise d'un homme : — « Il sauva la patrie,
Il fut grand dans les arts, les lettres, l'industrie, » —
Sans joindre un *de* futile à ces distinctions,
Jetons le ridicule à ces prétentions,
Au vice, à la folie, accordons un beau titre ;
Que Tom Pouce et Mapah soient reçus au chapitre,
Et que Lola Montès, Pomaré, Mogador
Portent bande d'azur sur champ de sable ou d'or.
C'est ainsi qu'un grand roi, pour saper la puissance
D'un luxe ruineux qui ravageait la France,
En fit une livrée aux Laïs de son temps,
Et soudain le proverbe, aux arrêts éclatants,
Populaire bourreau, juge que rien n'effraie,
Frappa de déshonneur *la ceinture dorée.*

Mais non ! ne daignons plus descendre à des détours !
De ces jeux du mépris les mœurs souffrent toujours.
Ce siècle n'en est plus à chercher des symboles,
A cacher sa croyance au sein des paraboles.
Nous aimons le grand jour ! nous marchons en avant
Bannière déployée et principes au vent !
Nobles vieux et nouveaux, votre heure est arrivée ;
De votre dernier jour l'aurore s'est levée !

Sur vos cendres soufflez, nul feu n'en jaillira!
Le peuple se sent fort, il s'émancipera.
Pour l'homme vraiment homme il n'est point de roture.
Alors un Mirabeau vous montrera sa hure,
Mais on ne verra plus, ô peuple adolescent,
Ton premier jour viril s'éteindre dans le sang;
Ni l'esprit des Rousseau, des Turgot, des Saint-Pierre,
Avoir pour héritiers Saint-Just et Robespierre,
Ni notre liberté passer dans les hasards,
Des crimes des Syllas, aux chaînes des Césars.

Non! voyez! la paix sainte, ange de l'harmonie,
Remplace des combats le funeste génie,
Et les proscriptions au terrible retour,
Ne souillent plus l'élan d'un magnanime amour.
O spectacle! l'honneur succède au privilége,
La franchise du cœur à l'abus sacrilége,
A la lutte des droits l'union du devoir,
Et l'or, pour les vertus, abdique son pouvoir.
L'état voit dans tout homme, ô saint et noble culte!
Un fils qu'il doit nourrir, un maître qu'il consulte;
Et, derniers des tyrans dont on brise les fers,
La misère et la faim retournent aux enfers.
L'esprit d'un peuple entier ne reste plus en friche,
Et, des haillons du pauvre et des hochets du riche,
L'autel de la patrie et de la liberté
Se fait un holocauste à la fraternité!

Alors se souvient-on d'un antique apanage,
D'un titre de clinquant? les voyant d'un œil sage:
Nous n'avons rien perdu! dira l'un étonné,
Et l'autre répondra : Nous avons tout gagné!
Et quel sot, invoquant un contrat qui nous blesse,
Viendrait dire, ô pudeur! J'ai payé ma noblesse.

Janvier 1848.

A LA FILLE D'UN BANQUIER EN FAILLITE.

Je te plains, ô jeune fille;
Quand l'amour de ta famille
Te comblait d'aveugles soins,
Son faste et son opulence
Ont à ta jeune existence
Créé mille faux besoins.

Exempte d'inquiétude,
Tu pris vite l'habitude
Du luxe et de ses grandeurs,
Mais, innocente victime,
Pouvais-tu voir un abîme
Se creuser sous ces splendeurs?

Oh! si ton père plus sage,
— Sous la fortune volage,
Lui qui devait voir l'écueil, —
T'eût donné ces goûts modestes
Qui nous rendent moins funestes
Les naufrages de l'orgueil,

Ta vie, humble et généreuse,
N'eût pas été moins heureuse
Dans la médiocrité;
Et, de moins haut renversée,
Tu pourrais, belle et sensée,
Sourire à la pauvreté.

Que la raison te console;
L'infortune est une école
Contre l'orgueil, ton tyran;
Il faut que ton cœur le dompte,
Car c'est gloire et non pas honte
Que de descendre à son rang.

Laisse un luxe misérable
Qui chez toi serait coupable,
Lorsque ailleurs il n'est que vain.
Songe qu'un hochet qui brille,
A quelque pauvre famille,
Rendrait un morceau de pain.

C'est un vol que tu recèles,
Si tu gardes ces dentelles
Et ce coûteux attirail;
Le travail au cœur ramène
La joie et la paix sereine;
Prends la robe du travail.

Plus de satin, ni d'hermine,
Plus d'or, ni de perle fine
Ornant un front attristé;
Mais la croix en chrysocale,
Mais le bonnet de percale,
Et le cœur plein de gaîté !

Tu te vis riche et parée;
Tu te verras honorée !
L'estime au lieu de bijoux !
Puis un modeste ménage
T'abritera du naufrage
Aux bras d'un honnête époux !

1848.

LA ROYAUTÉ.

Ami, si l'on cédait au prestige enchanté,
Ta muse nous ferait aimer la royauté :
Beau rêve ! les vertus. l'équité souveraine,
Travaillant aux progrès de la famille humaine,
Le prince obéissant au peuple inspirateur,
La tête recevant l'impulsion du cœur,
Et tous, sous une main qui féconde et qui sème,
Récoltant le bonheur et la liberté même !
Oh ! qui ne prêterait sa voix à tes bravos,
Si l'on voyait régner ton sage ou ton héros !
Qu'un homme guide un peuple à ces brillantes cimes,
Qu'il abdique l'abus pour ces vertus sublimes,
Que m'importe son nom ? devant ce beau dessein,
Fût-il un roi, son nom ne peut être trop saint.

Mais ce nom trop souvent, cruelle idolâtrie,
Fit préférer un homme au bien de la patrie ;
L'histoire, en traits de sang, te montre qu'en tout lieu,
Les rois ont abusé des paroles de Dieu.

L'histoire est là ; fouillons dans sa mine profonde,
Et puis tu me diras ce qu'ont fait pour le monde,
Pour le bonheur de tous, le progrès souverain,
Des siècles écoulés de royauté sans frein ?

Nul bien qui dans les rois n'ait trouvé des entraves ;
Point d'instincts généreux qu'ils n'aient tenus esclaves !
Et si de quelque droit nous jouissons enfin,
Il fallut par le fer l'arracher de leur main.
Nul de ceux qu'inspirait la liberté du monde,
Qui rêvaient la raison sur qui la loi se fonde,
Qui tentaient un effort de progrès saint et beau,
Galilée ou Jésus, Jean-Jacque ou Mirabeau,
Nul qui, penseur profond, ou tribun magnanime,
Ne fut leur ennemi, soit vainqueur, soit victime !
Ont-ils fait quelque bien ? trompés, mais non meilleurs,
Servant nos intérêts, ils ne visaient qu'aux leurs !
Et ce fléau terrible, impie et sanguinaire,
L'organisation du massacre, la guerre,
Que fut-elle jamais dans ce monde insensé,
Sinon le jeu cruel de leur orgueil blessé ?
Et lorsqu'elle fut sainte, — extrémités terribles ! —
Ce fut comme aux grands jours des croisés invincibles,
Aux forêts de l'Argonne, ou dans les monts de Tell,
Quand les peuples s'armaient contre eux ou pour le ciel !

Tant d'excès, tant d'abus, peux-tu les méconnaître ?
Tu rêves les rois grands et tels qu'ils devraient être,
Au-dessus des tyrans tu mets la royauté ;
Moi, je vois ce qu'ils sont et ce qu'ils ont été !

Et de nos jours ? parcours le monde et l'interroge :
Né d'un père divin, partout l'homme déroge,
Et, sous la main d'un fourbe ou d'un audacieux,
Courbe ce noble front élevé vers les cieux.

O simple amour du juste! ô respect de soi-même!
Culte des cheveux blancs, ce premier diadème!
Du vieillard et du sage auguste autorité!
— La sagesse est encore une paternité. —
Sentiments d'union, fraternité des hommes!
Qu'êtes-vous devenus dans le siècle où nous sommes?

Des hommes ont gardé le pouvoir protecteur
De guider le troupeau comme le bon Pasteur,
Mais, quand du patriarche ils ont le sceptre antique,
Leur égoïsme en fait une arme despotique;
Nul frein, devoir ou loi, ne les trouve soumis,
Et les pères du peuple en sont les ennemis.
Spectacle à faire envie aux jeux sanglants de Rome!
Leur ordre mène l'homme au massacre de l'homme;
Ils traquent, par le feu, les poisons, les poignards,
Des frères, comme on fait des loups et des renards.
Il s'agit bien de toi, peuple! as-tu pu le croire?
C'est contre toi surtout qu'ils cherchent la victoire;
Obtenu par ton sang, le succès, dans leur main,
Est un chaînon doré qui resserre ton frein.
Il s'agit d'énerver ce feu qui te dévore,
Ce besoin d'être libre et de grandir encore,
Dût-on, pour arrêter ton œuvre envahissant,
Creuser devant tes pas des fleuves de ton sang!
Il s'agit, ô famille immense, impérissable,
De l'avenir d'un jour, d'un homme, un grain de sable,
Qui fonde sur tes maux, aveugle humanité,
Pour sa race incertaine un trône contesté!
C'est ainsi qu'un seul homme en exploite cent mille,
Et nous fait adorer, ô faiblesse imbécile!
L'abus de notre force et le viol de nos droits...
Mais quoi! nous les aimons! ils se nomment les rois!

Mes frères! je croyais tous les hommes des frères!
Les loups que la faim ronge aux loups sont moins contraires.
Le vorace intérêt fait du monde un champ clos
Où l'or, tyran sans âme, et ses mille suppôts,
Ruse, corruption, audace, violence,
Font cette guerre à mort qu'on nomme concurrence.
Nouvelle barbarie! il n'est, on ne veut voir
Qu'une place au soleil : tue ou meurs pour l'avoir!
La guerre des écus envahit la famille :
Tel ruine son père et telle vend sa fille;
Dans le sang des enfants épuisé sans remord
On cherche un lucre affreux qu'ils paîront de leur mort,
Et, vainqueur abruti surchargé de rapines,
Le Monopole enfin trône sur des ruines.

Homme, noble chef-d'œuvre où Dieu s'est reflété,
Que fais-tu de ton âme et de ta dignité?

Honte et corruption! j'ai vu les grands empires
Ronger chacun sa proie, ainsi que des vampires.
O Pologne, Italie, Irlande, pauvres sœurs!
Qu'espérez-vous aux dents de lâches oppresseurs?
Et toi, qui si longtemps portas le cœur du monde,
Ce cœur si chaud d'honneur et de force féconde,
Hier encor, sous le feu d'un héroïque effort,
Dans ton sein il battait, ô France, et battait fort!
Qu'en as-tu fait? — Non, non, sublime citoyenne,
Tu ne répondras pas: Je n'en suis point gardienne!
Hélas! a-t-il passé de ton généreux sein
Dans cette bile anglaise où coule un or malsain?
Le démon qui suppute et la demande et l'offre,
L'a-t-il fait prisonnier, le tient-il dans son coffre?
Il ne palpite plus; sous des lingots il dort!
Et l'on peut demander : Est-ce qu'il n'est pas mort?

Aux foudres du despote a succédé la ruse;
On ne peut plus frapper tout un peuple, on l'abuse,
On le corrompt, le joue, ou l'achète, avili;
Et de l'abaissement lui-même il prend le pli!
Paris — Il est des gens pour y trouver leur compte —
Fait les filles de joie et les hommes de honte.
La prostitution paraît presque au grand jour,
Et l'on vend son pays, comme on vend son amour.
O spectacle! voyez, au nom de l'industrie,
La rapine régnant avec la fourberie,
L'aveugle amour de l'or, toujours, toujours croissant,
Et sous le nom de paix l'empire vieillissant!

Ah! si l'âme est inculte, ah! si l'intelligence
Languit sous le manteau de plomb de l'ignorance,
Si la faim pousse encor les peuples aux abois,
Je n'en accuse pas Dieu, mais les rois! ces rois
A qui, depuis mille ans, notre marche est commise
Et qui n'ont pu trouver notre terre promise,
Que le mot le plus saint, liberté, fait pâlir,
Qui, ne pouvant dompter, s'efforcent d'avilir.

Oui, rois, je vous accuse, et des haines fatales
Qui divisent encor les nations rivales,
Sol riche où vous passiez ce soc avilissant
Pour y mieux récolter le pouvoir dans le sang!
Et de tout ce que l'homme ici-bas souffre encore
Dans ses mœurs qu'on corrompt, dans ses droits qu'il ignore!
Et d'un cheveu tombé du front du peuple-roi!
Et de tous nos retards! Je vous accuse, moi,
De vos martyres même, horribles représailles
Où la plèbe en fureur déchire vos entrailles,
Duels féroces, honteux, épouvantables coups,
Où l'agresseur encor, le criminel, c'est vous!

Oh! que si l'on voyait s'établir sur la terre,
— Non pas ce rêve heureux, cette belle chimère
Qui, s'élevant trop loin de l'étroit horizon
Où l'homme a jusqu'ici circonscrit sa raison,
Paraît une utopie à nos faiseurs de codes,
Comme au marin craintif jadis les antipodes, —
Non, mais si la raison, ce flambeau des esprits,
Rayonnait un instant sur l'univers épris,
Si, les hommes chassant la nuit de la matière,
L'intelligence était leur guide et leur lumière,
Si l'on voyait, avec un peu de liberté,
Dominer le bon sens et la simple équité...

Crois-tu qu'un homme alors pourrait — un ver de terre —
Ne voir dans ses états, dans leur paix, dans leur guerre,
Qu'un soin, qu'un intérêt partout et qu'une foi :
Son nom, sa dynastie, et que sais-je? son moi!
Égoïsme insensé digne des comédies,
N'était le succès vil qui touche aux tragédies!
Crois-tu que des Français, abdiquant leurs destins,
Accepteraient la guerre ou la paix de ses mains,
Et cacheraient, muets, leurs fureurs ou leurs hontes?
Non! non! le ridicule a des vengeances promptes;
Le fourbe trouverait quelque château de Ham,
Qui tiendrait de Toulon et surtout de Bedlam!

Alors si quelque czar, excitant la tempête,
Pour effacer un peuple, à prix mettait sa tête,
Crois-tu que, bras croisés, le monde assisterait
Au carnage? Oh! non, non! la Pologne vivrait!
Le premier crime au monstre aurait ouvert le bagne!

Et puis vienne une enfant, ô malheureuse Espagne,
Une enfant folle, ardente aux caprices d'amour,
De l'amant d'une nuit faire ton roi d'un jour,
Vice léger et vain, mais qui devient infâme
Lorsque l'état mourant en souffre, cette femme,
Fille des Borgias ou fille des Césars,
Le mépris lui ferait sa place aux Lupanars!

Enfin.... mais je redis une plainte éternelle.
— Ere de raison libre et d'amour fraternelle!
Nous ne laisserions plus régner, peser sur nous,
Des femmes, des enfants, des monstres ou des fous!
Et parce qu'il sortit du ventre d'une reine,
Un homme n'aurait plus la force souveraine,
Ni le droit d'opprimer les hommes en sujets,
Parce qu'il eut pour père un prince ou son laquais!
Mais la sagesse seule, et non son simulacre,
Aurait ce grand devoir que le peuple consacre.
Avec ce guide-là, libre, éclairé d'en haut,
Le monde trouverait son Chanaan bientôt.
Un siècle populaire! un siècle populaire!
Frère, et nous élevons pour le bien de la terre
Des temples de grandeur et de fraternité :
Hommage le plus beau qu'à la Divinité
L'homme puisse donner! — Un siècle populaire!
Et nous fondons en paix tout ce que n'ont pu faire
Cent générations dans le sang et les pleurs,
Tout ce qu'ont empêché vingt siècles d'oppresseurs!

Paris, 1847.

FRAGMENT SUR LE MÊME SUJET.

. . . .

— Mais toi, ne consultant qu'un instinct d'héroïsme,
Tu prends pour vérités tes rêves de civisme;
Et tu chantes les rois! Ami, n'as-tu pas peur
Que ta muse ne serve un prestige trompeur?
N'est-il point de danger lorsque ta main de maître
Trace tant de vertus où tant d'abus peut être?
Crains d'attacher le peuple à ce faux idéal,
Et de couvrir de fleurs un abîme fatal!

Pour rendre inviolable un pouvoir sur la terre,
Est-il donc rien de stable en l'humaine poussière?
Et ton sage, ô faiblesse où l'homme est engagé!
Sage aujourd'hui, demain n'aura-t-il pas changé?
Un souffle, et le héros est fou, le sage injuste;
Néron a commencé par où finit Auguste.

— Mais Dieu l'inspirât-il, mais fût-il toujours grand,
On l'aime, on le fait roi,.. son fils est un brigand!
Et son œuvre sublime à demi commencée,
Un indigne héritier l'a bientôt renversée:
O sainte hérédité, je te comprendrais mieux
Si j'osais blasphémer, en accusant les cieux,
Et croire que Dieu fit, sous un même aspect d'homme,
Et des bêtes de proie et des bêtes de somme.
Pour imposer à l'âne ou manger les moutons,
Le lion-roi toujours engendre des lions,
Et chaque race ainsi, pour rugir ou pour braire,
Se transmet dans le sang son titre héréditaire. . . . .

. . . .

A LA FRANCE.

C'est toi, France! c'est toi! toujours grande et féconde!
C'est toujours dans ton sein que bat le cœur du monde!
Tes nobles flancs n'ont pas désappris d'enfanter.
Ta place est en avant, au sein de la lumière!
On t'en avait chassée, — ô sublime guerrière,
Tu viens d'y remonter!

Peuples, découvrons-nous! battons des mains! C'est elle!
A tout noble devoir l'héroïne fidèle!
C'est la gloire! l'honneur! la générosité!
France, j'ai reconnu dans la lutte puissante,
Le lion de mil huit cent trente,
Le lion de la liberté.

Mil huit cent trente! En trois journées,
Tu vengeais l'insulte du Nord,
Et tes chaînes de quinze années
Tombaient sous un puissant effort!
Le monde, oubliant ses souffrances,
Conçut de saintes espérances;
Car à son regard enchanté
Tu montrais, au sein de la gloire,
Un peuple sage en sa victoire,
Un Roi jurant la liberté.

Dix-huit ans ont passé! Vaine! vaine promesse!
Ta force, ta grandeur, tes progrès, ta noblesse,
Restent-ils à jamais burinés dans l'airain?
Sur tes tables de lois, arche sainte et puissante,
Le lion de mil huit cent trente
Pose-t-il, libre encor, son ongle souverain?

— Hélas, criminelle blessure,
France, que l'on fait à ton sein!
Honte, bassesse, flétrissure
Qu'il est temps d'effacer enfin!
Entends-tu l'odieux blasphème?
Partant de ton peuple lui-même,
Une voix d'imprécations,
Trop vraie, hélas! fut entendue :
Elle dit la France déchue
Au second rang des nations!

— Non! non! la France se relève!
L'égoïsme est anéanti!
A ce cri d'opprobre, son glaive
Donne un solennel démenti.
Sa honte n'est pas consommée!
Contre les nains qui l'ont tramée,
Elle enfante mille soldats;
Elle vient dévoiler les traîtres,
Et, reconnaissant ses faux prêtres,
Les marquer du sceau de Judas!

Vieux guerriers de la République!
Soldats d'Arcole et d'Austerlitz!
Par cette jeunesse héroïque,
Vos grands desseins sont accomplis!
Ce peuple atteint à votre taille!
L'Europe pour champ de bataille,
Vous l'emplissiez, tambour battant;

Comme vous il a su combattre;
Dans une rue, étroit théâtre,
Il tient le monde haletant.

Ecoutez... sa voix solennelle
Dont on méconnut la grandeur,
Lance ses foudres et rappelle
Ses ennemis à la pudeur!
Il lutte, il lutte, il vient encore
Rendre au vieux drapeau tricolore,
Son éclat, son honneur, sa foi!
Donner au monde un grand exemple,
Et chasser les marchands du temple,
Et chasser du trône son roi!

O prestige! mil huit cent trente
Crut encore à la royauté!
Vous voyez comme à son attente
Répond la Charte-Vérité.
On disait: C'est la République,
Mais sans son désordre anarchique,
Mais avec la stabilité;
Car son majestueux navire,
Pour que jamais il ne chavire,
A pour ancre la royauté.

On disait.... Illusion vaine!
On comptait sans un fourbe orgueil!
La royauté fut la sirène,
Qui menait un peuple à l'écueil!
Mais c'était elle, ô providence,
Qui dans son aveugle impudence
Courait se briser au récif!
Voyez! de ses forces sans nombre,
Il reste un navire qui sombre,
Il reste un vieillard fugitif.

O formidable destinée!
Au peuple qui souffrit longtemps,
Il ne faut rien qu'une journée
Pour briser l'œuvre de vingt ans!
En vain une mère héroïque,
Te suppliant, peuple stoïque,
Te montrait son fils innocent!
Le pouvoir n'est pas une aumône!
Il reste les cendres d'un trône,
Qu'emportent les flots de ton sang!

Vous vers qui sont tournés tous les cœurs de la France,
Vous qui, pour son honneur et pour sa délivrance,
Avez pris en vos mains d'héroïques mandats,
Remplissez de nos vœux les sublimes présages,
Montrez-nous comme à Rome un vrai congrès de sages,
Quand le peuple sait être un peuple de soldats.

Montrez à l'univers une France indomptée,
Noble et pure au dedans, au dehors respectée,
Qui pour son honneur seul, deux jours, a combattu!
Et puisque, soulevant un espoir héroïque,
Vous osez proclamer la sainte République,
Montrez-en la grandeur, la force et la vertu!

Une République française!
Quel mot magique! quel grand nom!
Car à son nouveau Louis seize
Nul Robespierre ne répond!
Une République française!
Paris enfin respire à l'aise!
Il rejette de son honneur
Tout alliage d'égoïsme!
Et des prodiges d'héroïsme
Sortent de l'or pur de son cœur!

25 février 1848.

BÉRANGER A MANUEL. *

AIR : *Des trois couleurs.*

O Manuel, la France s'est levée !
Sa liberté n'a plus un ennemi.
C'est bien ainsi que nous l'avions rêvée !
Peuple géant qui n'est rien à demi !
Puisqu'il nous mène à la terre promise,
Dieu parmi nous aurait dû te laisser.
Qu'avais-tu fait pour mourir en Moïse ?
Mon pauvre ami, je voudrais t'embrasser !

Sortant vainqueur de ces luttes sublimes,
Tu penserais à mon tout petit coin.
C'est dans ces jours de fièvres magnanimes
Que, l'un de l'autre, on a surtout besoin.
Longtemps muets, dans une étreinte antique,
Puis refoulant nos pleurs dans un baiser,
Nous crîrions : Vive la République !
Mon pauvre ami, je voudrais t'embrasser !

* C'est à tort que cette chanson a été attribuée à BÉRANGER par les journaux français et belges qui l'ont reproduite d'après le PEUPLE CONSTITUANT. (*Nos du* 22 *et du* 23 *juin* 1848.)

Le sait-on bien? Depuis qu'au jeu de Paume
S'ouvrit l'époque où le peuple vainqueur
Fit affluer en notre beau royaume
Le monde entier comme le sang au cœur,
Du livre d'or, sanglant, sublime ou sage,
Où chaque lustre eut sa gloire à tracer,
Quarante-huit est la plus belle page!
Mon pauvre ami, je voudrais t'embrasser!

La royauté stérilisait l'empire
Et jetait l'ancre en ce sable mouvant,...
La foudre passe et le trône chavire,
Et j'ai cherché sa trace vainement ;
Mais je retrouve une France féconde
Qu'un noble sang vient de fertiliser;
Sol généreux qui nourrira le monde!
Mon pauvre ami, je voudrais t'embrasser!

La République est grande et sera stable,
Elle remplit nos vœux! mais je t'aimais,
Je me souviens de ce cri lamentable :
Plaignons les morts, ils dorment à jamais!
Dormir! hélas! quand la France se lève,
Lorsque pour vaincre et pour se surpasser,
Elle a besoin de l'esprit et du glaive!
Mon pauvre ami, je voudrais t'embrasser!

Gloire à toi, peuple, à tes succès rapides!
Je t'aime mieux lorsque je pense à lui.
Mes bras ouverts ne resteront pas vides;
Tous les Français sont frères aujourd'hui.
Vieillard courbé, quand tu courais aux armes,
Comme les morts, j'ai dû me reposer;
Mon sang est froid, mais j'ai de chaudes larmes!
Peuple français, je voudrais t'embrasser!

1er mars 1848.

A GENDEBIEN.

LA BELGIQUE EN 1848.

Une voix, pour nos cœurs, sainte et toute puissante,
Parle au tien, Gendebien, et tu sors de ta tente.
La Belgique te vit, en un jour de combat,
Descendre dans la rue et devenir soldat.
— Un congrès, démembrant les succès de la France,
Avait de nos états vendu l'indépendance,
Et, quinze ans supporté, ce joug avilissant,
Nous voulions le briser : tu nous offrais ton sang. —
Puis, quand l'oppression enfin fut renversée,
Tu parus dans l'arène où lutte la pensée,
Et là, vainqueur encor, restas, neuf ans entiers,
Du temple de nos droits l'un des plus forts piliers.

Mais l'œuvre impie, hélas! n'était point conjurée,
La France, follement à Basile livrée,
S'égarait; Orléans remplaçait les Bourbons,
Et l'hydre du congrès renoua ses tronçons.
Les rois avaient pâli devant mil huit cent trente!
Mais, rassurés bientôt, leur audace croissante,
Ne connut plus de frein et frappa de grands coups :
La mort à la Pologne et la honte pour nous!

6

La honte! Oh! tu jetas de grands cris de colère
Que redira longtemps un écho populaire;
Après la liberté, tu défendis l'honneur!
Et lorsque tout fut vain, comme Achille en fureur,
Tu quittas de nos lois l'arène profanée
Et rentras, seul et grand, dans ta tente indignée.

Tu rentras dans ta tente, et tu viens d'en sortir!
Tu fis bien, tu fais mieux. Longtemps le repentir
Tint la France en émoi, la poussa même au crime;
Mais elle se relève enfin, pure et sublime;
Sa voix a foudroyé l'œuvre d'iniquités;
Le monde à son appel déchire les traités;
Les peuples s'uniront; comme l'Hercule antique,
Ils abattront d'un coup l'hydre diplomatique;
Et nous voulons, comme eux, noble complicité,
Réparer notre honneur et notre liberté.

L'heure est grande; tu sais les devoirs qu'elle impose,
Car si tu reparais, ce n'est point, je suppose,
Pour prôner les héros de nos journaux du soir,
Et, l'un et l'autre au front, vous briser l'encensoir;
— Ton passé m'en répond — ce n'est point pour te taire
Au premier cri de peur qu'exploite un ministère,
Hurler avec les loups, laisser un peuple à jeun,
Orner une parade, ou voter un emprunt.
Cette œuvre a tous ses bras; quelque commis étique
Peut faire, mieux que toi, marcher cette *boutique* *
Et nos bœufs libéraux, pour tracer leur sillon,
N'ont besoin de ton bras, ni de ton aiguillon.

Notre but est plus grand et tu nous le proposes;
Tu comprends l'avenir, tu vois la fin des choses.
C'est au nom d'une foi sainte que nous marchons,
C'est le libre bonheur de tous que nous cherchons;

* Expression du roi Léopold dans une lettre au roi Louis-philippe.

A nous de relever toutes les calomnies
Dont un beau culte a vu poursuivre ses génies;
A nous de consacrer un mot trop profané,
Par l'égoïsme seul et la peur condamné;
Un mot! principe pur et vérité féconde,
Vers qui Sparte et Paris, le vieux, le nouveau monde,
Par un puissant instinct se sont sentis guider,
Et qu'au sein des dangers ce siècle veut fonder !

Guide-nous! sur tes pas, nous marcherons sans crainte;
Des générations l'âme n'est pas éteinte;
Chaque siècle eut ses sots drapés dans leur ennui :
Courtisans autrefois et lions aujourd'hui!
Mais sous ce faux brillant des eunuques du monde,
Un sang pur et fécond dans nos veines abonde;
Il est de bons instincts que l'on peut avouer;
Il est de nobles cœurs prompts à se dévouer.
Crois en nous! la jeunesse, en des âmes bien nées,
Comme un levier puissant, force les destinées!

La République! oh! non! ce n'est pas, but mesquin,
Chasser un roi, fut-il Orléans ou Tarquin.
Eh! qu'importe le nom, le drapeau, la surface,
Si le fond est le même et si l'on ne remplace
Par des lois d'harmonie un chaos orageux?
Il faut percer le tuf de notre sol fangeux.
Qu'à toute liberté s'ouvre enfin la carrière;
Déjouons tous ces nains qui, restant en arrière,
Quand nous nous sentons forts pour marcher au progrès,
Veulent nous arrêter et couper nos jarrets.
Ailleurs qu'en vains discours, avortons de l'envie,
Faisons régner en lois, pour tous, le droit de vie;
Qu'on assure le pain du corps et de l'esprit,
A l'homme, enfant des cieux que le verbe nourrit.

Pour tout homme éclairé que l'homme soit un frère!
Déchirons en tous lieux cette trame arbitraire
Qui, faussant les liens des peuples fraternels,
Met entre eux l'intérêt de leurs rois criminels ;
Des conseils de la terre extirpons l'artifice,
Et qu'à tous nos destins préside la justice!

Alors nous trouverons, peuples indépendants,
Le respect au dehors, l'existence au dedans,
Partout la liberté, la paix et l'harmonie,
Et les mondes unis, mon Dieu, dans ton génie.

Nous alors — puisque hélas! sur notre sol sanglant,
La victoire éleva son trophée insolent;
Trop longtemps, du lion faisant un lâche emblème,
Les rois à des tombeaux jetèrent le blasphème;
Trop longtemps Waterloo dit au monde insulté :
Ici la France gît et gît la liberté! —
Alors nous abattrons ce bronze attentatoire,
Et, conviant la France à l'œuvre expiatoire,
Nous verrons, les premiers, de ces fêtes d'amour
Où doivent s'embrasser tous les peuples un jour :
Le lion tombera; l'ange des Républiques
Inscrira sur l'airain deux dates magnifiques,
Et la noble statue, effroi des oppresseurs,
Des myrtes de la paix couronnera deux sœurs!

Mai 1848.

AVANT LES JOURNÉES DE JUIN 1848.

Ami, quand tu nous peins Paris épouvanté,
Les pouvoirs vacillants et le droit contesté;
Les intérêts, ainsi qu'une armée en déroute,
Fuyant devant un spectre affreux, la banqueroute;
Le bivouac dans la rue, et l'émeute y passant
Comme un fleuve de boue et peut-être de sang;
De vaines passions, un mesquin égoïsme
Faisant du plus grand peuple avorter l'héroïsme;
Et l'esprit d'un pays de vertige frappé
Dans la Babel des clubs vainement dissipé;
Quand ta voix s'envenime et, sous un jour immonde,
Nous fait voir ce chaos... dont doit sortir un monde,
Je me sens pénétré de douleur comme toi,
Mais tu blesses mon cœur sans ébranler ma foi.

La vie est dans ce trouble et la lumière est faite.
Le premier jour vit-il l'œuvre de Dieu parfaite?
Le soleil brillait seul, comme brillent nos droits.
Il fallait à la mer assigner des détroits,
Sur le sol raffermi répandre l'abondance,
Et que l'homme partout trouvât la Providence.
Ainsi, le ciel aidant, la grande nation
Peut mettre une semaine à sa création.
Laisse rugir l'hyène et siffler la couleuvre!
La France accomplira son sublime chef-d'œuvre :
La République! Attends jusqu'au septième jour,
Elle reposera dans la paix et l'amour.

6.

LE ROI DE NAPLES.

Anathème ! anathème ! Oh ! si ce monstre horrible,
Si ce forfait audacieux,
N'attire un châtiment prompt, solennel, terrible,
Il n'est plus de justice aux cieux !
Se fera-t-on un jeu que le succès consacre,
Peuples, de hacher votre chair ?
Non ! la punition doit répondre au massacre,
Comme la foudre suit l'éclair !
Du sang de tes martyrs, ô noble Campanie,
Monte et se propage en tout lieu
Ce cri de désespoir d'un peuple à l'agonie :
Vengeance avec Dieu ! malgré Dieu ! *

Ferdinand deux ! on dit qu'un sang bâtard remplace
Le sang des Bourbons dans ton cœur ;
Non ! tu n'es point déchu, tu marches sur leur trace,
Et ton esprit est bien le leur !
Tu dois descendre d'eux ; et ce monde où le crime,
Tant soit-il affreux, n'est plus neuf,
Le monde a reconnu, dans leur fils légitime,
Et Louis onze et Charles neuf !

* Michiewitz.

Longtemps les nations, hier encor l'Italie
Croyaient à des rois bons Pasteurs
Partout le voile tombe et dans leur œuvre impie
Montre à nu ces profanateurs !
Gloire à Ferdinand deux ! au creuset populaire
Il retrempe de vieilles lois;
Libre et fort, il ne veut, pour garde consulaire,
Que l'amour de ses bons bourgeois ;
S'il bombarde Messine, il aime Naple en père ;
Il fonde sa félicité.
Le congrès est ouvert ! Fête, ô peuple prospère,
Tes premiers jours de liberté !
Cette fête... ô massacre, horreur et perfidie !
C'est une Saint-Barthélemy !
Et l'esprit des Nérons plâne sur l'incendie !
— Voilà le roi, du peuple ami !

Vais-je donc, disait-il, ébrécher ma puissance,
Droit sacré de mes héritiers?
Non! plus fort, plus adroit que mon cousin de France,
Je dompterai les émeutiers.
Il dit, le sang coula ! Muette après l'orage,
Naples, dans l'ordre et dans le droit,
Comme le bruit d'un tigre en un champ de carnage,
N'entend qu'un cri : Vive le roi !
Oh! oui! vive le roi ! Qu'il vive, ô Providence !
Pour recueillir ces fruits de mort.
Vive le roi ! Qu'il vive un jour pour la vengeance !
Qu'il vive un jour pour le remord !

Ferdinand deux ! ton nom, des tyrans qu'on châtie
Restera l'éternel effroi.
Quoi ! tu pousses au meurtre, au viol, à l'incendie,
Et tu crois pouvoir rester roi !

Tu crois pouvoir baisser le rideau de l'entr'acte
Sur tes abominations!
Et qu'un peuple en tronçons va renouer le pacte
Avec tes proclamations!
Non! tu ne peux régner, si tu peux encor vivre;
Le seul trône où tu monteras,
Ce sera le carcan, roi que le sang enivre,
Si ce n'est l'échafaud, hélas!

Car, s'il est des tyrans, peuple, roi légitime,
Pour t'égorger, te bâillonner,
Il est un Dieu là-haut, un Dieu vengeur du crime,
Un Dieu qu'on ne peut détrôner.

30 Mai 1848.

A MADAME DE ***.

APRÈS SON FEUILLETON DE REGRETS SUR LES TITRES DE NOBLESSE.

N'en veuillez pas, Madame, à ces hommes de cœur
Qui défont la noblesse et conservent l'honneur,
Qui, sentant la grandeur de leur magistrature,
Ont biffé les vains mots de race et de roture,
Et veulent qu'on ne soit, en France, désormais,
Ni noble, ni vilain, mais citoyen français.

Oh ! certes! dans ce jour où grandissaient les âmes,
Ils n'ont pas avisé qu'ils déplairaient aux dames,
Qu'à leur coquetterie ils ôtaient un hochet,
Un peu plus qu'un amant, moins qu'un colifichet!
Qu'un *de* devant un nom semble une bonne égide,
Pour le mettre à couvert contre l'honneur rigide,
Et qu'un mari n'est point ridicule, dit-on,
Pourvu qu'en même temps on le fasse baron.

Madame! je comprends qu'en ce monde honorable,
Où le vice est charmant, l'impudeur adorable,
Quand la noblesse d'âme a fui de vos salons,
On veuille y conserver la noblesse des noms.

A la vertu qui meurt c'est un dernier hommage
Que vouloir en garder encor la fausse image,
Et, sans l'avoir au cœur, prendre comme un affront
Qu'on vous vienne ravir son simulacre au front.
Mais eux, rêvaient l'honneur dans le cœur de la France;
Devaient-ils à des noms en laisser l'apparence?
Ils savent qu'il réside autant sous les hâillons,
Que sous la fine soie ou l'or faux des galons;
Ils voulaient, relevant, l'un de son arrogance,
L'autre de sa misère et de son ignorance,
Du puissant et du gueux, du noble et du vilain,
Ne faire qu'un seul peuple avec un beau destin;
Et, ce peuple créé, lui donner pour bannière
L'honneur que garderait la France tout entière!
Oh! que s'ils avaient pu, par des décrets vainqueurs,
Frapper à mort l'orgueil et les mauvaises mœurs!

Ils l'ont tenté du moins et ce sera leur gloire!
Mais pouvaient-ils comprendre, occupés de l'histoire,
Pour quels petits profits, quels services secrets,
Les titres abolis causent tant de regrets.
Non! le temps est passé des faveurs sans égales,
Quand la cour dispensait pensions et régales,
Lorsque pour un cadet vivement alléché,
La beauté d'une sœur valait un évêché;
Alors de bons quartiers de noblesse avérée
Etaient autant de droits à l'ardente curée;
L'or l'emporte aujourd'hui sur le blason terni;
Mais pour voir son orgueil ou son vice impuni,
Il ne nous suffit pas toujours de la richesse;
Et, perdant son honneur, si l'on restait duchesse,
On pourrait regarder encore avec hauteur
Les filles de manants qui conservent le leur.

Juin 1848.

PIE IX.

Quel écho du passé retentit sur le Tibre,
Après l'hymne de l'avenir?
Rome plus sainte encor quand tu veux être libre,
Quel crime en toi veut-on punir?
Au lieu des cris d'éveil, des actions de grâce,
Qui descendaient du Vatican,
D'où vient que sur ton front un anathème passe,
Comme un éclair sur un volcan?...

— C'est qu'un Pontife-roi, l'héritier de Saint-Pierre,
Veut garder, insensé cumul,
Avec la croix du Christ, le sceptre de Tibère,
Ou les hochets d'un pouvoir nul.

Roitelet, prends ta foudre, et, fuyant le saint-siége,
Abuse d'un mandat divin
Pour sauver des lambeaux de pourpre sacrilégé
Où tes mains s'accrochent en vain!
Trahis Rome, trahis l'œuvre de trois années!
— Jamais Pontife ni César
N'avaient, si haut que toi, porté ses destinées. —
Maintenant arrête son char!
Tu reculeras seul : ta foudre ne soulève
Que le scandale et non l'effroi.
Dieu dit, tu commenças; Dieu dit, le peuple achève;
L'œuvre s'accomplira sans toi.

Oh! toute illusion serait vaine; le monde
Ne peut plus former que deux camps;
Ici le droit, l'honneur, la liberté féconde;
Là les chaînes et les carcans.
Dans l'un, la vérité dont un Dieu fut l'apôtre,
Un Dieu qui n'eut point de palais;
Dans l'un, le peuple entier avec le Christ; dans l'autre,
Quelques bourreaux et leurs valets!

Pour vous tendre la main, hier, peuples-victimes,
Les rois abdiquaient leur fierté :
Le danger imminent leur rappelait leurs crimes,
Ils invoquaient la liberté;
Ils savent que ce mot jette d'ardentes fièvres
Au noble cœur qui l'a compris.
Vous l'aviez dans le cœur, ils l'eurent sur les lèvres;
Au piége encor vous fûtes pris!
Quand vos élus, croyant au pacte qui vous joue,
Remplissaient de sacrés mandats,
L'auguste liberté, peuples, sur votre joue,
Reçut le baiser de Judas.

Le Crétin-Empereur deux fois avait fui Vienne,
Le Charles-Neuf napolitain
Avait dû préférer l'élite citoyenne
Aux conseils d'un moine hautain;
On avait vu trembler, faire amende honorable,
L'ivrogne de Prusse à genoux...
Et conservant au cœur la blessure incurable,
Ils couvaient un cruel courroux.
Lâches dans leur terreur, féroces dans leur haine,
D'un signal de leur sceptre d'or,
Ils poussèrent leur meute à la curée humaine,
Et le sang martyr coule encor.

Et toi, prêtre du Christ, toi que l'amour consacre,
Tu mêles, dans ces vils exploits,
Le signe de la paix aux glaives du massacre,
Et ta foudre au canon des rois!
Toi qui des libertés, toi qui de la justice,
Avais arboré les drapeaux,
Tu viens de ces Judas te faire le complice,
Et le valet de ces bourreaux!
Au Golgotha des rois quand maint héros expire,
Tu viens, toi, ministre du ciel,
A ton peuple, — joignant l'anathème au martyre, —
Offrir le vinaigre et le fiel!

Oh! si dans ces efforts tentés de l'Elbe au Tibre,
De Dieu tu méconnais le bras,
Bénis les bombardeurs et maudis Rome libre!
Mais c'est toi seul que tu perdras!
Condamne un juste à mort, fais l'œuvre de Pilate;
Ferme la tombe à triple sceau;
Dans trois jours, le martyr, dont la puissance éclate,
Sortira vainqueur du tombeau.

Car l'heure sonne enfin ; vainement on restaure
Les instruments d'oppression,
Vos fureurs ne pourront, rois, que hâter encore
La seconde rédemption.
Labourez de boulets et sillonnez de bombes
Le sol de vos grandes cités :
Ce que vous y creusez, ce sont vos propres tombes ;
Bientôt vous y serez jetés.

Et toi, quand des tyrans la dernière heure tinte,
Tu ne sais pas, quand tu le doi,
Pour garder le pontife à sa mission sainte,
Sacrifier l'ombre d'un roi !
Des plus grands intérêts il faut que tu répondes ;
Ne veux-tu pas, lorsque demain
Le bonnet phrygien coiffera les deux mondes,
Que la croix reste dans ta main ?
Ne vois-tu pas qu'il faut, malgré le roi de Rome,
Que le droit triomphe en tout lieu,
Et qu'il ne reste plus, pour commander à l'homme,
Que deux pouvoirs : le Peuple et Dieu !

LES OUVRIERS.

Tout s'agite et se renouvelle ;
L'immense révolution
Débris sur débris amoncèle,
Et l'on se dit : Que construit-elle ?
Ou Babel, ou Sion ?

L'astre de l'avenir se cache ;
L'esprit flotte, le cœur attend ;
Et l'on surprend, devant sa tâche,
Le plus croyant et le moins lâche
Indécis et doutant.

Tout front qui pense est grave ou sombre.
Le poète, quand juin a lui,
Est froid pour ses splendeurs sans nombre
Et l'on dirait qu'il voit une ombre
Entre le ciel et lui.

— Que la nature est riche et belle !
Près des ruines du manoir,
L'ouvrier dont le front ruisselle,
Quittant la faulx et la truelle,
Découpe son pain noir.

Toi que nourrit encor la terre,
Et toi qui, glanant en chemin,
Reçois du pauvre prolétaire
Le pain qu'en vain du riche austère
Tu mendîras demain,

Lorsque j'erre dans ce beau site,
Ne dites pas, le cœur navré :
Encore un oisif parasite
Qui, lorsque la faim nous visite,
Digère, désœuvré !

Non, mes amis ! l'âme pressée
D'un laborieux aiguillon,
Je vais, la tête au joug fixée,
Creusant aux champs de la pensée
Quelques vagues sillons.

La pensée est un sol avare
Que doit féconder la sueur.
— Souvent à vos maux je compare
L'avenir que Dieu vous prépare,
Et je dis en mon cœur :

Est-il, sur le globe où nous sommes,
Des réprouvés et des élus ?
Et faut-il que des milliers d'hommes
S'épuisent pour que nos Sodomes
Aient un riche de plus ?

Nous sommes fils d'un même père,
Égaux devant le tout-puissant !
Et quel sacrilége arbitraire
Met le frère au-dessus du frère,
Le nourrit de son sang ?

Non, l'amour, — quelque nom qu'il prenne,
Démocratie ou Charité, —
Est la première loi chrétienne;
Il créa le monde; oh! qu'il vienne
Sauver l'humanité.

La paresse engendre la haine
Et conseille l'oppression;
L'amour, partageant joie et peine,
Ne veut pas, dans la ruche humaine,
Le rôle du frélon.

Nul n'a droit, — lorsque la faim broie
Un seul homme pris à sa glu, —
De passer, lui laissant sa proie,
Pour cueillir aux champs de la joie
Les fleurs du superflu.

Arrière cet orgueil sauvage
Qui voit dans le peuple un bétail,
Qui consomme, exploite, ravage,
Oisif qui comme un esclavage
Abaisse le travail!

A nous, ouvriers de la vigne,
Qui du travail nous honorons!
Le travail seul est grand et digne;
Marchons sous son céleste signe
Et nous triompherons!

Unissons contre la souffrance
Nos rangs chaque jour plus épais!
Le travail, c'est la délivrance!
Le garant de l'indépendance!
La force de la paix!

Gloire au travail ! Il nous fait hommes !
Quels titres, quels droits sont meilleurs?
Et qui peut dire encor : Nous sommes
Propriétaires, gentilshommes?
— Nous sommes travailleurs !

Gloire au travail ! plus de mystère,
Penseurs, plus d'hésitation !
Droit suprême et devoir austère,
Le travail fonde sur la terre
La nouvelle Sion !

— L'heure fuit, le pain noir s'achève ;
Reprenons chacun nos travaux ;
Le blé tombe, le mur s'élève,
Et je vais creuser dans mon rêve
Quelques sillons nouveaux.

Votre âme sera plus contente,
Frères, si vous m'avez compris ;
Tous égaux sous la même tente,
Vous servez les corps ; moi, je tente
De servir les esprits.

Je pense à vous et je vous aime,
Et je dis : Oh ! puissent enfin
Tous les hommes s'aimer de même !
On n'entendrait ni le blasphème,
Ni les pleurs de la faim.

Tout homme aurait le pain de l'âme ;
Le poète qui vit de peu,
Brisant, heureux, le fouet du blâme,
De nos cœurs nourrirait la flamme,
Nous ferait bénir Dieu !

1849.

LA MORT DE L'ARCHEVÊQUE DE PARIS.

La République enfin avait lui sur la France.
Le peuple concevait une grande espérance;
— A la mort, pour le droit, on l'avait vu courir. —
Il combattait sa faim, et, martyr volontaire,
S'offrant à tous les maux pour la paix de la terre,
Il disait : Je suis libre et je saurai souffrir!

Ses sages avaient dit : — « Un nouveau monde s'ouvre;
« Quelque vaste progrès que ton œil y découvre,
« Nous n'en quitterons plus le lent défrichement.
« Dans ces vierges forêts nous tracerons ta route. » —
Et le peuple attendait sans murmure et sans doute;
Il avait foi dans leur serment.

Mais, hélas! tout beau jour doit-il avoir des ombres?
Auprès de ces cœurs d'or, il vit des esprits sombres
Lui nier sa conquête, et souiller son réveil,
Et, cernant nos Colombs, nos fraternels génies
Dans un adroit réseau de lâches calomnies,
Trouver des taches au soleil.

Le mépris accueillit leur trame extravagante;
Mais dans l'impunité la milice intrigante
Accroissait chaque jour le mal qu'elle exploitait;
Déjà des bruits d'orage épouvantaient le monde,
Et, remuant à fond son lit le plus immonde,
Le flot démagogique à chaque instant montait.

Tous les regards étaient tournés vers l'Assemblée :
Rendra-t-elle le calme à la France troublée?
Elle à qui ses destins sont remis désormais,
Qui peut, sans échafaud, faire du peuple un maître,
Qui ne redoute point de Brumaire, et doit être
La Convention de la paix ?

Un membre s'est levé : cœur simple, grand, austère,
Ame taillée au vif dans le roc populaire;
Il parle; c'est Merlin, Danton ou Mirabeau :
— « Citoyens, tout un peuple est là, criant : misère!
» Ces milliers d'ouvriers, lorsqu'il grattent la terre;
» D'eux ou de leur pays creusent-ils le tombeau?

» Nous avons trop de bras, nous avons trop de bouches;
» Le droit les a faits grands; la faim les rend farouches,
» Si l'attente est un leurre et non plus un devoir.
» N'aurez-vous pas un mot qui leur rende courage,
» Quand ces héros d'hier, qui vous portent ombrage,
» Promènent dans nos murs le club du désespoir?

» Oh! ne renions pas nos meilleurs frères d'armes!
» Si vos cœurs sont muets, croyez-en vos alarmes :
» Tout s'ébranle, et, rongés de regrets accablants,
» Nos Tarquins, qui n'ont plus de nobles, ni de prêtres,
» Demandent à la faim, au bagne, à l'or des traîtres,
» De nouveaux soldats de Coblentz.

» Le grand ordre du jour, le seul est leurs souffrances.
» Oh ! jetons dans un sac toutes nos dissidences !
» Un mot, le peuple est bon ; un mot, vous serez grands !
» Vous armeriez en vain ; vos forces seraient vaines ;
» De la faim, par la mort, il brisera les chaînes,
» Comme il a su briser les fers de nos tyrans !

» Le danger est sa faim, sa faim qui toujours dure !
» Il faut, doux ou fatal, qu'un pouvoir la conjure,
» A nos pas entravés, spectre toujours présent.
» Ce sera l'Assemblée, ou ce sera le glaive !
» — Vainement l'ironie en vos rangs se soulève. —
» Ce sera la raison, ou ce sera le sang !

» France, oh ! si tu savais quels devoirs Dieu t'impose,
» Que du monde sur toi la liberté repose,
» Qu'il triomphe avec toi, qu'il paîrait tes erreurs,
» Par cet apostolat te sentant consacrée,
» Tu serais magnanime, et sage, et vénérée,
» Et les peuples seraient vainqueurs ! » —

— Du sang ! Paris s'éveille au bruit des fusillades,
Paris est crénelé d'immenses barricades,
Château-fort gigantesque où gronde le canon.
Du sang ! car chaque fois qu'une voix solennelle
Y voulut remuer la fibre fraternelle,
L'Assemblée a répondu : Non ! —

— Quoi ! Paris sera-t-il, pour les partis contraires,
La Thèbe incestueuse où s'égorgent des frères ?
Vous profanez vos droits par un crime impuissant.
Oui, c'est un crime ! aux lois restera la victoire ;
Un crime..... mais, hélas ! qui donc se fera gloire
De l'avoir puni dans le sang ?

La pitié fraternelle inspire des voix fortes :
— « L'émeute, citoyens, la guerre est à nos portes.
» Par des lois de concorde on peut la prévenir ;
» Ramenons par l'amour des frères en démence;
» Proclamons... Voulez-vous que périsse la France? »
— « Non, mort aux factieux ! Non, il faut en finir. » —

— « Serez-vous donc heureux? avez-vous bien envie
» De faire régner l'ordre, ainsi qu'à Varsovie,
» Sur des monceaux de morts, dans un champ de combats?
» Pour chasser la pitié de ce ton dérisoire,
» Êtes-vous donc bien sûrs, bien sûrs de la victoire?
» Non, vous ne l'êtes pas !

» C'est le sang le plus cher, le sang de la patrie!
» Il coule... voulez-vous voir sa source tarie?
» De l'étancher encor nous aurons le pouvoir.
» Marchons! moi, le premier! Qui de vous veut me suivre?
» Nous serons massacrés! tenez-vous tant à vivre?
» Nous aurons fait notre devoir!

» En messager de paix, montrons-nous à la ville !
» Dans les buissons sanglants de la guerre civile,
» Recherchons nos brebis, comme le bon Pasteur. » —
— Trois fois ils ont parlé; l'inflexible clôture
A trois fois étouffé le cri de la nature;
L'Assemblée en courroux nommait un dictateur.

—Un homme seul; le Christ l'a marqué de son signe;
Pontife de la France, il s'en montrera digne;
Son grand cœur s'est ému des malheurs du pays.
Il entend de son Dieu la voix toujours suivie :
Je suis le bon Pasteur, et je donne ma vie
Pour toutes mes brebis.

Sur une barricade il brave la tempête ;
C'est l'ange de la paix, il parle, tout s'arrête,
Et déjà dans les cœurs germe le repentir.
Tout à coup... O malheur ! car ce n'est pas un crime !
— Hélas ! il vint trop tard pour sauver la victime,
Assez tôt pour être martyr.

L'aspect du sang jetait l'ivresse dans les âmes ;
Tout à coup....—Oh ! quel monstre, entre les plus infâmes,
Eût osé... les deux camps ont su le renier. —
Un coup de feu s'égare, et le saint prélat tombe.
France, reçois son sang, volontaire hécatombe ;
Puisse-t-il être le dernier !

Ce cri pieux expire en sa voix paternelle ;
Et vers ceux qu'il voulait ramener sous son aile,
Il tend les bras encore ; il tombe au milieu d'eux.
Et ces fougueux Titans, qui défiaient la foudre,
Sentaient des pleurs mouiller leurs yeux brûlés de poudre ;
Un céleste rayon perçait leurs fronts hideux.

Et comme ils entouraient cette auguste victime,
D'un amour filial et d'un respect sublime !
Ils faisaient voir encore, en cet horrible jour,
Quel métal généreux, quelle force infinie,
Trouverait dans le peuple un fraternel génie,
Qui saurait le tremper aux creusets de l'amour.

Peuple affamé de pain, bien moins que de justice,
A nos temps créateurs il faut le sacrifice ;
Savoir souffrir serait ta première vertu.
Attends au moins sept jours que l'œuvre se consomme ;
Pour l'accomplir, au riche, il suffira d'être homme ;
Tu lui dois plus encor ; pourquoi l'oubliais-tu ?

Il reprend le combat, désespéré, terrible :
On l'accuse du meurtre, ô châtiment horrible !
Mais déjà c'en est fait ; le droit sera vainqueur.
Il a fléchi devant le martyr vénérable ;
Car l'Achille insurgé n'a qu'un point vulnérable,
Et ce point, c'est le cœur.

Pour quel succès, hélas ! cette lutte homérique ?
Je vois dans les deux camps la même république
Et la France partout se déchirant le sein !...
O vous qui, de la paix le martyr et l'apôtre,
Pour arrêter le sang, avez versé le vôtre,
Soyez béni, vous êtes saint.

Votre place est au ciel, où votre âme s'élève,
Auprès de saint Louis, auprès de Geneviève ;
Ils vous couronneront dans l'éternel repos.
Notre siècle a des saints dignes des temps antiques ;
Vous veillerez ensemble, aux célestes portiques,
Sur nos pâles troupeaux.

Heureux si votre sang, hostie expiatoire,
Apaise la révolte et fléchit la victoire ;
Rentrez, soldat du Christ, à votre divin ban !
— Mais non, Dieu lui permet de voir la guerre éteinte,
Et d'élever encore une angélique plainte
Pour ceux qu'il bénit en tombant.

Il mourait ; l'agonie, épuisant sa poitrine,
Donnait à ses conseils une onction divine ;
L'approche de la mort solennisait sa voix.
— « Français, montrez toujours la France généreuse,
» La victoire du sang n'est pas la plus heureuse ;
» Sachez vous vaincre cette fois !

» Qui de vous chantera la victoire emportée ?
» Comme un deuil, par la France, elle sera portée ;
» Le cœur, d'un poids mortel, en demeure étouffé.
» Mais d'un pieux oubli donnez-vous le courage,
» Et vous pourrez, heureux, — car le pardon soulage, —
» Crier : Nous avons triomphé !

» Soyez grands, la grandeur est toujours magnanime ;
» Braves, le vrai héros relève sa victime,
« Et ne l'immole pas aux peurs de l'avenir.
» En frères, des vaincus fixez les destinées ;
» Jetez vos passions, armes empoisonnées
» Qui servent une cause, hélas ! pour la ternir.

» De la mort des martyrs Dieu m'a donné la grâce !
» Faites, pour l'honorer, qu'elle soit efficace ;
» Le Christ de nos discords nous apprit l'abandon.
» Bien mieux que par le marbre, on instruit par l'exemple ;
» Au Dieu de la clémence élevez un saint temple ;
» Inscrivez sur ma tombe un seul mot : le pardon ! » —

Il meurt en pardonnant ; son âme au ciel s'élance,
Nous laissant un parfum d'amour et de clémence ;
Invoque un nouveau saint, France, dans le péril !
Mais, veux-tu que l'airain qui chante le martyre,
Sonne aussi le départ du funèbre navire,
Vaste corbillard de l'exil ?

Non, France ! suis les vœux que t'a légués le juste ;
Marche en avant du temps, venge-toi comme Auguste ;
Ramène par l'amour le cœur de tes vaincus.
Mais si tu veux l'exil après les funérailles,
Recule de cent ans, et dans ces représailles,
Crains la poussière de Gracchus !

Juillet 1848.

LA SATIRE.

Difficile est satyram non scribere.

— Eternel mécontent, poète plein de bile ,
Es-tu fils d'Héraclite ou rival de Zoïle ? —
— Oh ! non , non ! le poète aspire aux doux loisirs !
S'il pouvait suivre en paix la pente des plaisirs,
De l'autel de son cœur entretenir la flamme,
Amour ou volupté, s'inspirer d'une femme,
Rendre aux champs un Virgile, un Horace aux festins,
Ou, chantant les combats, surpasser les Latins !
Et comme il aimerait, tranquille, exempt de fièvres,
De voir toujours éclos le sourire à ses lèvres !

Mais le monde est en feu, le sol tremble, et toujours
L'antique Prométhée est en proie aux vautours ;
Dans leurs grandes cités les peuples sont au piége
Placés entre la faim et les bombes du siége.
Qui pourrait en hochet transformer l'art des vers,
Lorsqu'on forge partout des armes ou des fers ?
Chanter, comme l'enfant avec l'écho se joue ,
Des lettres et des arts se faire une Capoue,
Quand l'hydre renaissant, dans un fougueux effort,
Pour nous frapper au cœur, pousse le cri de mort !

Rêver à Sybaris lorsque le sabre règne !
Non ! ton sang bout alors, poète, et ton cœur saigne !
De ton joyeux trépied tu fais un tribunal ;
Plus de marotte ! à toi l'arme de Juvénal !
Sois enfant, tu le peux, quand le monde est en fête,
Mais dans les temps de deuil, sois homme et sois prophète !
Guide-nous aux plaisirs, mais aux jours de combat,
Tu dois être en avant, citoyen et soldat !
Laisse au perchoir Vert-Vert et l'oiseau de Lesbie !
Emprunte à Job ses pleurs, sa foudre à Jérémie ;
Crie aux tyrans : Malheur ! Prends pour muse l'effroi,
Quand tu devrais demain crier : Malheur à moi !
Ta lèvre au lieu de miel doit épancher des laves :
L'anathème aux bourreaux, la fureur aux esclaves !
Dans ce débordement des crimes du pouvoir,
Le courroux est sacré, maudire est un devoir !
Frappe des oppresseurs la ligue épouvantée ;
Fais triompher le droit par des chants de Tyrtée !
Abandonne ta plume, ô poète, ou fais-en
Un dard empoisonné, retrempé dans le sang ;
Jette au monde tes chants comme dans les mêlées
Les femmes des Germains, ivres, échevelées,
Et par des cris d'espoir, d'anathème et de mort,
Force au succès le juste et l'impie au remord !

1849.

LE SONGE D'UN TYRAN.

FRAGMENT.

Pour célébrer son avénement au trône européen, le conquérant qui s'est fait appeler Jéhovah, a construit un immense Panthéon dont chaque étage est une galerie de grands hommes de différentes époques; sur la coupole s'élève un groupe de dieux, héros, demi-dieux qui soutiennent la statue de Jéhovah. Une fête splendide a inauguré le monument. . . . .

. . . .

. . . .

Sur ce jour solennel bientôt pesa la nuit;
Un silence de mort suivit tout ce vain bruit.
La foule sommeillait, de spectacle assouvie;
Le ciel semblait sans astre et la terre sans vie.
— Dans un boudoir perdu de son vaste palais,
Où brûlent des parfums aux chatoyants reflets,
Le roi veille, plongé dans un lit qui déploie,
Sous son corps affaissé, l'édredon et la soie.
Un chœur mélodieux au vague éloignement
L'enivre de langueur et d'assoupissement :

Le firmament voile, dès la nuit close,
Son astre immense et son océan bleu,
Et Jéhovah, le seul roi, le seul dieu,
Des bruits du jour, dans sa grandeur repose,
Et clôt aussi sa prunelle de feu.
Il dort, chantons; voici l'heure propice!
Qu'à notre voix, suivi d'un doux réveil,
Sur son beau front que nul rêve ne plisse
Descende le sommeil!

Qu'un long repos, de sa chaleur féconde,
Pur des frissons d'un amer souvenir,
Ravive encor, pour l'heureux avenir,
Son bras puissant fait pour dompter le monde,
Son vaste esprit fait pour le rajeunir !
Il dort, chantons : Voici l'heure propice.
Qu'à notre voix, suivi d'un doux réveil,
Sur son beau front que nul rêve ne plisse
Descende le sommeil !

Ainsi chantaient des voix pures de jeunes filles ;
Ainsi les chants d'oiseaux cachés dans les charmilles,
Semblent sur la nature appeler le sommeil,
Quand l'astre disparu de l'occident vermeil
Y laisse un long ruisseau de rougeâtre lumière,
Le chœur élève aux cieux une même prière,
Puis baisse, s'éparpille en concerts infinis,
Languit avec amour et s'endort dans les nids.
En ces flots enivrants d'odeur et d'harmonie
Qui remplissent ses sens de langueur infinie,
Le roi berce longtemps son esprit énervé
Où nul penser ne luit, comme en un feu couvé !
— L'orgueil y vient bientôt réveiller une flamme ;
Bientôt il se complaît à revoir dans son âme,
Le vaste piédestal où pose sa grandeur
Sur tout un univers de gloire et de splendeur,
Depuis le beau palais, sa base solennelle
Qu'une cour de Titans eût trouvé digne d'elle,
Jusqu'au hardi sommet, où, buste colossal,
Dans la nue il trônait sur le monde vassal.
Longtemps de ce tableau, dont son cœur s'extasie,
Il repaît son orgueil que rien ne rassasie ;
Puis en de longs détails se plaît à repasser
Les héros et les Dieux qu'il prétend surpasser.

Dont le groupe soutient l'or pur de sa statue,
Comme un astre de plus au milieu de la nue :
Christ, prophète d'amour, conquérant des esprits,
Bonaparte, Alexandre, Attila, Sésostris,
Et César, que chacun le monde tributaire
Avait cru le plus grand des hommes de la terre.
Il se contemple en eux, il s'adore, oublieux !
Le sang roule en son front un penser orgueilleux :

— « A moi passé fécond, couronné de merveilles !
Atlas que j'ai gravi dans mes puissantes veilles,
Tu ne fus grand qu'afin d'étayer ma grandeur !
A moi présent immense empli de ma splendeur !
Tout à moi ! terre et ciel ! Tout et l'avenir vaste,
Univers que mon nom couvre seul et dévaste
Comme l'arbre du Nord, exclusif souverain,
Qui ne laisse à son ombre aucune herbe au terrain !
A moi, sceptre de roi, tiare de prophète,
Les hommes et les dieux ! — En mon sublime faîte,
Toute gloire est à moi ! Panthéon solennel,
Tu m'en montres l'image et le gage éternel. » —

Tel Jéhovah disait, et sa tempe bercée
S'assoupit doucement avec cette pensée...
Soudain un rêve affreux ébranle son esprit :
Il voit l'infâme croix peser sur Jésus-Christ,
Il voit le vif poison qui corrode et consomme
Le sang du dieu des Grecs qui se trouve être un homme ;
Il voit devant César le poignard de Casca,
L'ivresse tournoyer dans le front d'Attila
Et l'abattre, crispé, comme la foudre un chêne ;
Et, de la cécité voulant briser la chaîne,
Sésostris se jeter au suicide affreux ;
Il voit, dans son essor sublime et valeureux,
Les rois coalisés frapper l'aigle de France
Et dans l'étroit exil le tuer de souffrance.

Tous ces coups meurtriers ne semblent qu'un seul coup
Qui vient fouetter le sang dans sa tempe qui bout.
Il en ressent en lui chaque atteinte mortelle;
Son hardi piédestal de héros en chancelle
Et tombe en vains débris, et le colosse d'or,
Auquel sa vanité s'identifie encor,
S'engouffre au Panthéon qui devient un abîme,
Et se creuse sans cesse et fuit sous sa victime.

C'est la mort! c'est la mort qui l'étreint dans ses fers!
Il en ressent le froid, le dieu de l'univers!
Il se rebelle en vain, il rugit, il blasphème;
Il lutte! C'est la mort et son heure suprême!
Il se brise, il s'éteint! — Néant, voici ta nuit!
Mais il s'y plonge en vain, mais cet espoir le fuit :
Point de néant! la mort est encore la vie!
L'Eternité s'éclaire à son âme éblouie!
L'Eternité! l'horreur l'a réveillé soudain.
— Les parfums distillaient leur suave lumière
Dans le boudoir encore et, comme une prière,
Les jeunes voix encor chantaient le chœur lointain :

Jéhovah dort! gloire au roi de la terre!
Gloire au héros d'universel pouvoir!
Dans son sommeil, heureux et grand mystère,
Qui pour toujours à son génie austère
Rend sa splendeur, notre éternel espoir!
Il dort, chantons; voici l'heure propice!
Qu'à notre voix suivi d'un doux réveil,
Sur son beau front que nul rêve ne plisse
Descende le sommeil!

Comme un fou criminel qui croit voir la furie,
Effaré, Jéhovah bégaie, appelle, crie!

Le palais s'en émeut, on s'inquiète, on vient...
A son front éperdu bientôt la paix revient;
— Ce n'était qu'un vain rêve! — Il respire, il s'étonne
De sa crainte, et pourtant son cœur encor frissonne.
— « Mélangez l'opium au généreux aï,
Breuvage bienfaisant! » — Aussitôt obéi,
Il hésite, un soupçon dans son cœur vient descendre;
Il s'est ressouvenu du destin d'Alexandre :
Si c'était du poison qu'on lui sert à genoux?
— « J'ai besoin de repos; qu'on se retire tous! » —
Du poison! mais non! non! on le respecte, on l'aime;
On n'oserait! Pourtant Alexandre de même
Fut aimé! Du poison! c'est ce rêve insensé
Qui réagit encor sur son esprit blessé.
Du poison! crainte vaine, autant que ce vain songe!
C'est lui qui tremblerait pour l'ombre d'un mensonge!
Non! — Il n'hésite plus; il boit et se rendort,
Murmurant malgré lui : L'Éternité! la mort!

Il dort; le rêve encor, de sa soudaine flamme,
Répète ses tableaux à l'effroi de son âme.
Il est mort, tout au loin est d'un affreux obscur;
Son âme qui survit, où tout lui semble impur,
Loin de son corps, cadavre oublié sur la rive,
N'est plus qu'une lueur, intérieure et vive,
Dont la flamme ne peut percer l'horrible nuit,
Mais qui s'éclaire en elle et pour soi seule luit,
Puissante, inexorable, immuable, imposée,
Comme la conscience ou la folle pensée.
Il voit sa vie! en vain, étouffant le flambeau,
Il veut en repousser le terrible tableau!
Il voit sa vie! en vain au néant il aspire;
Point de néant! la vie et l'éternel empire,
La vie et le remords et l'aspect repoussant
De son abjection, toujours, toujours présent!

En vain il veut se fuir, fuir ces tableaux funèbres !
En vain il veut se perdre au gouffre des ténèbres,
Enfer trop reconnu qui se creuse sous lui !
Bientôt — et dans son âme un prompt espoir a lui —
Il voit d'autres lueurs s'agiter dans le vague ;
Il tombe et reconnaît, parmi leur foule vague,
Les esprits des héros, demi-dieux des humains,
Qui semblaient là fixés par d'invisibles mains.
Leur secours en ce lieu peut suspendre sa chute,
Leur secours ! Il hésite ! Eux qui n'ont dans la lutte,
Pu se défendre un jour de sa rivalité !
Les implorer ! commettre ainsi sa majesté !
S'abaisser ! — Cependant il s'affaisse en l'abîme,
Il va tomber loin d'eux. — Misérable victime ,
Son orgueil doit céder enfin à son effroi :
— « Secourez votre roi ! secourez votre roi !
Égaré sans un guide en cette sphère obscure,
Il réclame vos soins, il ordonne... il conjure.
Vingt peuples béniront cette bonne action ! » —
Mais eux, avec dédain, avec dérision :
— « Vain encor dans l'enfer ! Anathème ! Anathème !
Va donc, si tu le peux, te protéger toi-même. » —
Furieux, il rugit, il veut s'anéantir ;
Au plus épais de l'ombre il cherche à s'engloutir.

Il aperçoit plus bas encore un peuple d'âmes :
Ce sont d'humbles mortels, des enfants et des femmes,
Les esclaves jadis de ces rois éclipsés ;
Par le vice et la peur il les voit abaissés
Bien bas... mais il va choir dans un rang plus indigne ;
Implorer des sujets ! O honte !... Il s'y résigne :
— « Secours au malheureux ! » — dit-il, avec douleur !
Mais tous avec mépris : — Malheur ! malheur ! malheur !

Il précipite encor sa chute convulsive,
Implorant, repoussé toujours, de rive en rive,

Enfin, au plus affreux du cloaque infernal,
Il voit tous les rebuts de l'humain tribunal,
Le traître de son Dieu, l'assassin de son frère,
Et tous les criminels dont le bras téméraire
Armé de fanatisme ou d'envie ou d'orgueil,
D'un père ou d'un héros a creusé le cercueil.
Il recule d'horreur et s'arrache à leur vue;
Mais il lui semble entendre une voix inconnue
Qui dit : Implore-les; ils peuvent te sauver.
— « O rage ! oh ! non ! plutôt ne pas me préserver !
Prier des scélérats ! »—mais il s'affaisse encore ;
— « Des Caïns ! » —mais le gouffre est là qui le dévore !
Enfin, au désespoir : — « Au secours ! au secours ! » —
Mais tous, une réponse : — « Anathème à toujours !
Arrière, loin de nous, histrion de noblesse !
De honte et de dégoût ta présence nous blesse.
Arrière ! » — Oh ! c'est le comble aux avilissements !
Sa lèvre se tordait en affreux grincements,
L'opium prolongeait son sommeil et sa chute;
Par un terrible effort il rompt enfin la lutte,
Il s'éveille et, soumis au songe merveilleux,
Il crie, insensé : Grâce ! oh ! grâce ! il est des dieux !

On accourt, il ne voit qu'esclaves, il se lève,
Se reconnaît et dit : Ce n'était qu'un vain rêve !

— Malheur, peuple, malheur ! le tyran a tremblé.
Son criminel instinct de fureur a doublé.
Il trépigne, il a soif d'une aveugle vengeance !
Il craint le ciel, malheur à la terrestre engeance !
Il la domine au moins, si Dieu règne sur lui !
Les cieux ont menacé, déjà son glaive a lui !

. . . .

SECONDE PARTIE.

1840.

ENVOI.

Si vous recherchez l'art, la concise harmonie,
Dont aime à se parer une œuvre de génie
Mille fois épurée aux creusets de l'esprit,
L'art d'inspiration fortement condensée,
Où toujours le mot brille autant que la pensée,
Laissez ces vers; assez de maîtres ont écrit.

Mais que s'il vous suffit des vrais accents d'une âme
Qui chante chaque fois que quelque tendre flamme
Frappe son pur métal d'un rayon enchanté;
Qui ne sait que sentir et, sans art, sans prudence,
Se répète toujours : toujours sa confidence,
A même attrait pour elle et même nouveauté;

Et si vous vous sentez transportée, attendrie,
Quand, la rendant plus douce encor, la poésie
Chante l'émotion d'un noble attachement,
Lisez parfois ces vers ; cherchez-en l'interprète
Dans cet intime écho que rêve le poète :
Le cœur tendre comprend si bien le cœur aimant !

L'AME.

Ame, esprit éternel, existence suprême,
Que le monde te jette un sensuel blasphème !
Moi, je proclamerai ton culte hautement.
C'est toi qui fais de l'homme un chef-d'œuvre sublime ;
C'est toi qui fais l'amour saint, noble et légitime ;
Le corps est un plomb vil, c'est toi le diamant.

Demandez au penseur qui vit en sybarite,
Aux riches, aux puissants, à cette fausse élite
Qui regarde la vie au seul prisme des sens ;
Demandez à l'amant des mondaines délices,
Qui souilla jusqu'au fond les plus tendres calices,
Qui fit taire en son cœur les célestes accents ;

Demandez-leur.... mais non ; leur vie est égarée ;
Soulevez le clinquant dont elle s'est parée,
Cherchez la vérité sous tant de faux éclats ;
Que reste-t-il encore en leur âme blasée ?
Toute noble croyance, hélas ! en est chassée ;
Vous y lirez partout : — « L'amour n'existe pas.

« L'amour n'existe pas; tout est mensonge et feinte;
La loi, c'est le besoin; la vertu, c'est la crainte ;
Rien de grand, rien d'auguste et rien de révéré!
La suprême science est dans l'hypocrisie;
Nul respect de soi-même, et nulle poésie
Qui transporte le cœur d'un dévouement sacré. » —

O cynisme! et pourtant conclusion profonde,
Abîme où nous conduit le dédale du monde,
Quand pour guide on n'a pas quelque chose de Dieu.
Le plus résigné dit : —«L'amour est pour les anges.»—
— Non, il brille ici-bas, mais non point dans vos fanges!
L'âme pure est l'autel de ce céleste feu.

Oui, je crois aux vertus, à la noble pensée
Pure de faux instincts et désintéressée,
Qui garde son duvet avec de pieux soins;
Je crois qu'il est dans l'homme un tout autre mobile,
Que de vils appétits, qu'un intérêt habile...
Un mobile sublime et de nobles besoins!

Monde, du froid calcul préconise l'empire!
Je crois au dévoûment et je crois au martyre.
O femmes, dans l'amour, je crois à la pudeur;
Je crois à l'amitié qui sauve la faiblesse;
Je crois à l'amour pur, je crois à la noblesse,
Comme je crois à l'aube, au printemps, à la fleur!

Je crois aux sentiments de naïve espérance,
Aux élans spontanés de joie ou de souffrance;
Je crois au franc regard où se peint tout un cœur.
Je crois à la prière, aux sourires, aux larmes;
Je crois que le devoir a d'invincibles armes
Contre les aiguillons du vice ou du malheur.

Je crois que tout n'est pas fondé sur l'égoïsme;
Je crois qu'il est encor des levains d'héroïsme,
Qu'en dépit des frelons l'abeille fait son miel.
Et je crois à la femme, à l'ange de la terre,
A celle que tout homme honore dans sa mère,
A celle dont l'amour nous fait rêver le ciel.

Ame, je crois à toi, notre guide sublime.
L'amour fait de Psyché sa reine légitime;
Il n'est pas que des sens dans le chef-d'œuvre humain.
Je crois qu'amour, bonheur, tout enfin sur la terre,
N'est pas d'un vil limon l'esclave involontaire,
Et que Dieu mit en nous un pilote divin.

Mon âme, bénis Dieu dans sa bonté profonde!
Tu ne t'es pas perdue aux écueils de ce monde;
Fuis le froid scepticisme et ses basses amours!
Tu dois prier pour ceux qui ne voient plus l'aurore;
Mon âme, bénis Dieu, toi qui peux croire encore,
Mon âme, bénis Dieu, tu peux aimer toujours!

SI MA MÈRE VIVAIT.

Si ma mère vivait, son amitié fidèle
Consacrerait l'amour que le ciel mit en nous ;
Votre cœur l'aimerait et, précieux modèle,
Me rendrait meilleur fils, mieux inspiré, plus doux.

Même foi, même espoir, même cœur, même zèle :
De notre vie à trois l'ange serait jaloux !
Loin de vous, je serais heureux encor près d'elle ;
Loin d'elle, je serais heureux auprès de vous.

Idole de son fils, vous seriez son idole ;
Ses derniers jours auraient la plus douce auréole ;
Elle vous bénirait, disant : Je puis mourir !

Et moi, je lui dirais : Mon destin tient au vôtre,
Soyons longtemps heureux du bonheur l'un de l'autre ;
Vivez pour nous aimer, mère, et pour nous unir !

LA CAUSERIE.

Quel rapport de tendresse et de béatitude
Nous fait tant rechercher la causerie à deux,
Berceau frais où nos cœurs trouvent la plénitude,
Dans leur communauté d'émois affectueux?

On a tant d'intérêt et de sollicitude
Pour tout ce qu'on se dit, on en est tant heureux!
Il semble, ô des pensers chère similitude,
Qu'une seule âme parle en deux chants gracieux.

Tout s'efface pour nous, hormis notre présence;
Son sentiment absorbe et charme l'existence;
Je murmure un doux chant qui s'y mêle si bien.

Le souvenir nous dit ses fastes poétiques,
L'avenir nous sourit sous ses voiles magiques,
Deux séraphins jumeaux qui bercent l'entretien.

L'AURÉOLE.

Lorsque, méconnaissant la grandeur de votre âme,
Le monde vous mesure à sa vulgarité,
Que sa fausse louange est dans sa vanité
Un affront que, menteur et sot, il vous déclame,

Je m'étonne et m'indigne ! Oh ! vous, si noble femme !
Tant votre charme est doux et plein de vérité,
Je croyais naturel, je n'avais pas douté
Qu'il dût dans tous les cœurs jeter la même flamme.

Isaure, je voudrais que chacun vous comprît,
Que chacun vous gardât un culte en son esprit,
Culte plein de respect et de mélancolie;

Et quand de l'auréole on prive votre nom,
Je souffre et prends la vie en morne aversion,
Tant que, vous ayant vue, oh ! le monde s'oublie !

A NINA.

Vous pouvez sourire à la vie ;
Son heureux ciel encor,
Nina, pour votre âme ravie
N'a que des rayons d'or ;

Loin de vous les soucis moroses ;
Pour charmer votre cœur,
Vous avez deux célestes roses :
Une mère, une sœur.

Rose aussi, vous croissez près d'elles ;
Nina, vous reflétez
De l'une les vertus fidèles,
De l'autre les beautés.

Dans ce monde plein d'infamies,
De maux quotidiens,
Mère et sœur, ce sont deux amies,
Et deux anges gardiens.

Moi, de ces trésors, jeune fille,
Il me reste des pleurs ;
Une jeunesse sans famille
C'est un printemps sans fleurs.

Mais, dans votre Eden retirée
Hélas ! pouvez-vous voir
Ceux que votre grâce adorée
Charme sans le savoir ?

Oh ! oui ! toute âme généreuse,
Par une loi des cieux,
Sent le besoin, étant heureuse,
De faire des heureux !

Je voudrais, belle jeune fille,
Vous le dire à genoux :
Fleurs de printemps, bonheur, famille,
Je rêve tout en vous.

L'espoir est-il une chimère ?
Puissé-je en votre cœur
Trouver place après votre mère,
Auprès de votre sœur !

L'IDÉAL.

N'avez-vous pas compris l'idéal de mon âme?
Heureux charme souvent et parfois triste drame,
Mais toujours cher, toujours sacré ;
Vocation aimante où ma vie est fixée ;
Route d'exception que le ciel m'a tracée,
Et pour qui j'ai tout abjuré?

Etre homme ? Oh! non, s'il faut me raidir d'énergie,
Et voir autour de moi les vices et l'orgie
Sans cesse attiser leurs flambeaux ;
S'il faut fermer mon cœur comme dans une armure,
Et ne l'ouvrir jamais qu'en temps, avec mesure,
A des sentiments vrais et beaux ;

S'il faut poursuivre un but à travers les dédales
De fange, de malheurs, de vices, de scandales
Et de succès plus vils encor,
Et, négligeant en moi la divine étincelle,
Vouer mes facultés, ma pensée et mon zèle
A conquérir un vain trésor ;

S'il faut, par un sourire indulgent ou complice,
Autoriser, hélas! la voix profanatrice
Des plus saintes beautés du cœur;
S'il faut fraterniser avec l'homme qui nie,
Qui voit partout le mal, soupçonne, calomnie,
Et m'acclimater à l'erreur.

Être homme? Non, je suis imprudent et candide;
Contre l'émotion et sa pente rapide
Mes pas ne sont point affermis;
Je suis trop vite pris aux piéges de la feinte;
Je ne sais pas cacher mes pensers de foi sainte
Aux interprètes ennemis.

Je suis trop confiant, trop faible, trop sensible;
L'imagination, sur son char invisible,
Emporte trop souvent mon cœur;
De la société je n'aurais pas la taille;
Et, grand par la fierté, souvent dans la bataille
Je devrais subir un vainqueur.

Je ne me sens point fait pour pareille tourmente;
Ma mère ne m'a pas, avec son âme aimante,
Donné cet esprit tout-puissant;
Être homme? Non, mon Dieu, je voudrais être un ange,
Humble et n'osant qu'à peine essayer ta louange,
Timide en son culte innocent;

Dans le recueillement et dans la solitude,
Ayant mon cœur pour soin et pour béatitude,
Obscur, ignorant les combats;
Ange de la tendresse et de la rêverie,
Comme une pâquerette au fond de la prairie
Loin du soleil et des frimas.

Aimer, rêver, chanter, telle serait ma vie.
Qu'elle est douce à nos cœurs, douce la rêverie,
Quand pur et serein est le jour;
Et qu'elle a, riche abeille avide d'ambroisie,
Pour en faire son miel divin de poésie,
Les parfums infinis d'amour.

Comme l'affection emplit une existence!
Dévoûment exclusif, ineffable espérance
Où l'on est absorbé toujours,
Aimer, c'est se donner tout à celle qu'on aime,
Et sans cesse chercher quelque bonheur suprême
Pour le répandre sur ses jours.

Aimer, c'est être heureux, jusqu'à la poésie,
De mille petits riens dont l'âme s'extasie
Et se crée un riche univers;
Comme l'oiseau qui joue avec chaque pétale,
Avec le premier jet de lueur matinale,
Avec la mousse aux scions vers.

Aimer, c'est se créer mille douleurs sans cause,
C'est pâlir pour le pli d'une feuille de rose,
Sybarite d'affection;
C'est abaisser son front sous la mélancolie,
Se laisser entraîner, jusques à la folie,
Aux fougues de l'émotion.

Comme l'affection emplit une existence!
Comme elle charme tout, et même la souffrance!
Et comme, à son aspect vainqueur,
Tout ce qui n'est pas elle, — espoir, plaisir ou peine, —
Perd aussitôt sur nous une puissance vaine!
— O mon idéal de bonheur!

O concentration où l'amour vrai nous pousse !
Ascétisme du cœur ! vie obscure et si douce !
O rêve inconnu des méchants !
Que soient hommes, mon Dieu ! ceux dont l'orgueil est vaste !
Est-ce sur les sommets que la foudre dévaste
Qu'éclôt la naine fleur des champs ?

Est-ce, pour m'égarer dans le mondain tumulte,
Que je me sens si bien porté vers ce doux culte
Du tendre cœur au cœur aimé ?
Un rien me rend heureux, pour un rien je succombe ;
As-tu donné, Seigneur, une aile à la colombe
Pour braver l'orage enflammé ?

Que soient hommes, mon Dieu ! ceux qui, pareils à l'aigle,
Ne voient à leur essor ni limite, ni règle,
Ceux qui règnent par l'action,
Qui marchent à leur but, ne voyant d'obstacles
A traverser le mal et ses hideux spectacles,
A se sevrer d'illusion !

Ceux-là dont la parole est un verbe qui crée,
Dont le front est d'airain et n'a rien qui l'effraie
Et rien qui le puisse entamer !
— Rêver est le seul trône où mon esprit s'élève ;
Mon Dieu ! je n'ai de voix que pour chanter mon rêve,
Je n'ai de cœur que pour aimer.

NUIT D'HIVER.

Comme un enfant, bercé sur le sein de sa mère,
Doute, dans ce moment de vague illusion,
Si c'est la femme encor qui baise sa paupière,
Ou l'ange dont la nuit lui rend la vision ;

Votre bras sur le mien, dans un tendre mystère,
Je me sens pénétré d'ardente émotion ;
Votre présence emplit mon âme tout entière,
Et semble m'entourer d'un céleste rayon.

Belle nuit d'hiver tiède et de lune paisible
Qui parais partager notre extase indicible !
— Oh ! si le rossignol entonnait ses concerts !

Mais j'ai de plus beaux chants, un plus tendre cantique :
La voix de votre cœur que rend si poétique
L'accent d'amour plus doux que le doux chant des vers !

LA LECTURE.

Souvent je me promène aspirant dans mon âme,
— Vive évocation pleine d'un doux émoi, —
Le génie exalté d'un barde au cœur de flamme
Qui revit, palpitant et s'inspirant pour moi ;

Je le comprends, lui parle, il répond, je le voi,
Et nous nous échangeons, comme un noble dictame,
Lui, les célestes feux dont sa muse l'enflamme,
Moi, mes rêves d'amour, mon idéal, ma foi.

Je lui parle de vous... rayonnante de grâce,
Vous vous levez ainsi qu'un astre ; et tout s'efface,
Le livre est oublié, je ne vois plus que vous ;

Je n'ai qu'une pensée, un but qui m'extasie :
Courir en votre cœur puiser ma poésie,
Vous redire un aveu plus ardent et plus doux.

PAUVRE D'ESPRIT, RICHE DE CŒUR.

Ne cherchez pas, dans mes chansons naïves,
L'art tout-puissant de haute habileté ;
Ne cherchez pas de ces extases vives,
Vol du génie à l'immortalité ;
Moi, je ne sais qu'aimer et que redire,
Redire encor mon exclusive ardeur ;
Tel est l'oiseau ; sa vie est un délire,
Un chant d'amour qui triomphe ou soupire.
Pauvre d'esprit, riche de cœur !

J'ai vu bien loin mes frères de jeunesse
Me dépasser ardents à leur chemin ;
Ils m'ont crié : Viens, voilà la richesse ;
La route est belle et nous t'offrons la main.
Prenant les mains de celle qui m'est chère,
— Et dans nos yeux rayonnait un doux pleur, —
J'ai répondu : Pour moi l'or est chimère;
Voici mon but, mon trésor sur la terre.
Pauvre d'esprit, riche de cœur !

Je suis heureux quand nous lisons ensemble
De beaux récits, des vers au doux parfum ;
Quand votre cœur palpite, mon cœur tremble ;
Nous comprenons, nous sentons en commun.

10.

Nous n'avons point, sur l'art et la science,
De grands discours de grave profondeur,
Mais un regard que suit un long silence,
Un serrement de mains plein d'éloquence.
Pauvre d'esprit, riche de cœur !

A des essais quand ma plume se livre,
Doux bégaîments d'un rêve virginal,
Ce qui les fait et palpiter et vivre,
C'est toujours vous, vous, mon noble idéal;
Dans votre cœur j'ai trouvé ma devise;
Mon humble chant reflète avec bonheur
Votre beauté comme je l'ai comprise,
Et nos beaux jours de souvenance exquise.
Pauvre d'esprit, riche de cœur !

Ainsi je chante : ainsi j'aime et je prie;
A d'autres fronts la superbe hauteur
Où la science alliée au génie
Ose sonder le nom du Créateur !
D'autres verront, disséquant la nature,
Son art, ses lois; moi, j'aime l'humble fleur;
Mon plus doux chant, mon hymne la plus pure,
Est votre nom qu'en priant je murmure.
Pauvre d'esprit, riche de cœur !

Béni soit Dieu qui mit tant d'harmonie
Dans les oiseaux, dans les fleurs, dans les cieux;
Qui donne aux uns la puissance infinie
Ainsi qu'à l'aigle un vol audacieux !
Béni soit Dieu dans la part qu'il m'a faite !
Qu'eussé-je fait de ta force, Seigneur ?
Auprès d'Isaure, oh ! ma vie est complète,
Et son amour me rend heureux poète.
Pauvre d'esprit, riche de cœur !

LE SOIR.

Le soir, quand votre front tombe en s'assoupissant,
Du plus ardent transport, oh ! je dois me défendre !
Emu, je vous contemple et sens en moi descendre
Un rêve ardent et doux, un rêve alanguissant :

— « Vous tenir, confiante, en mes bras vous berçant ;
Dans une émotion que je ne saurais rendre,
Sentir de plus en plus peser mon fardeau tendre,
Dans un abandon ravissant !

Sur vos traits brille encor votre dernier sourire ;
O rêve ! votre lèvre entr'ouverte m'attire,
J'y dépose un baiser d'une grande douceur ;

Sur mon sein frémissant je vous presse avec crainte ;
Souriante, en dormant, vous me rendez l'étreinte,
Et murmurez un nom sorti de votre cœur ! » —

MES VERS.

De quel trouble ineffable, oh ! mon âme est atteinte,
Quand vous lisez mes vers éclos à votre amour ;
Mon élan expansif tombe... saisi de crainte,
Je repasse tout bas chaque mot tour à tour ;

J'y trouve des défauts, du froid, de la contrainte ;
Je pouvais à ce chant donner un meilleur tour ;
Comme il aurait mieux peint mon émotion sainte !
Que n'ai-je à vous l'offrir su tarder un seul jour ?

Je doute, je voudrais fuir, mon âme éperdue
A votre impression est toute suspendue ;
Je la cherche en vos yeux, inondé de sueur ;

Je souris, je pâlis, j'espère, je regrette :
Anxiété d'amant, puis un peu de poète...
Un sourire bientôt la transforme en bonheur !

L'AMULETTE.

Lorsque le voyageur touche au but qu'il désire,
S'il rencontre un torrent qu'il veut franchir en vain,
Il s'élance, il revient, à peine s'il respire,
Il s'àrrête, il court! mais.... s'il voit dans le lointain,

Un arbre, pont tremblant, couché sur le ravin,
Il ralentit sa course, il calme son délire;
Il espère, bientôt aux fleurs il peut sourire
Et voir l'insecte d'or briller sur le chemin.

Pour une heure d'absence, ainsi je m'inquiète,
Triste et doutant de l'avenir;

Mais si je t'aperçois, ô ma tendre amulette,
Je sens le calme revenir,

Et je me berce encor d'un vers où se reflète
L'espoir, frère du souvenir.

MA CHAMBRE.

Que de son gai soleil le printemps te pénêtre,
Ma chambre, et que tu sois pleine de douce odeur,
Quel que soit ton éclat, tu n'es, tu ne peux être,
Tu ne seras jamais le séjour de mon cœur.

Il est un autre lieu, le lieu de mon bien-être,
Où toujours le désir me porte avec ardeur ;
Tu serais un palais et lui, pauvre et champêtre,
Qu'il l'emporterait bien sur toute ta splendeur !

Sans occupations ici je ne puis vivre ;
Là, rien que m'y sentir me satisfait, m'enivre,
Et je respire à l'aise, et je me trouve heureux ;

Le jour, si long ailleurs, y semble à peine une heure ;
Et tout ce charme vient d'un mot : c'est sa demeure.
Ici je suis tout seul et là nous sommes deux.

SI J'ÉTAIS PETIT OISEAU.

Si j'étais petit oiseau,
Votre main blanche et si petite
Serait ma branche favorite,
Serait mon trône le plus beau,
Si j'étais petit oiseau.
Je recevrais de vous l'aliment et la vie,
A vos lèvres ma soif se verrait assouvie,
Vous seriez mon doux nid au bord d'un clair ruisseau,
Si j'étais petit oiseau.

Si j'étais petit oiseau,
Lorsque vous seriez occupée,
Je chanterais une épopée,
D'amours naïfs de tourtereau,
Si j'étais petit oiseau,
Et souvent dans vos yeux, souriant à ce charme,
Je verrais éclater, je boirais une larme,
Diamant de rosée au sein d'un lis nouveau,
Si j'étais petit oiseau.

Si j'étais petit oiseau
Et si j'avais votre tendresse,
Vous pourriez me garder sans cesse
Sur votre sein, léger fardeau,
Si j'étais petit oiseau,
Comme on porte un parfum de sa fleur préférée,
Comme un cher souvenir de sa mère adorée,
Comme un présent d'ami, scapulaire et joyau,
Si j'étais petit oiseau.

Si j'étais petit oiseau,
Vous laisseriez, à la nuit close,
Tomber de votre épaule rose
Ces voiles, envieux réseau,
Si j'étais petit oiseau,
Livrant à mes regards, et sans autre réserve
Que l'exquise pudeur qu'envers soi l'on conserve,
Des trésors, Raphael, dignes de ton pinceau !
Si j'étais petit oiseau.

Si j'étais petit oiseau!
— Pauvre humain jouet, des tempêtes,
J'ai maintes ardeurs indiscrètes
Qui ne seraient plus un défaut,
Si j'étais petit oiseau;
Vos yeux en se fermant me souriraient encore,
Et l'orsqu'il s'ouvriraient, charmants comme l'aurore,
Je serais près de vous chantant l'espoir nouveau,
Si j'étais petit oiseau.

LE PRINTEMPS.

La campagne se pare en reine fortunée,
Non pas d'or, mais de fleurs et d'amours couronnée;
Tout est doux et serein ; tout s'égaie et sourit ;
Tout parfume le cœur et transporte l'esprit;
Tout chante et s'embellit sous une ardente séve ;
La fleur s'ouvre au soleil, comme à l'espoir un rêve;
Le rossignol soupire en cantiques touchants
Et gagne sa compagne au prix de tendres chants;
Tout ce qui vit ressent le charme ; la nature
Semble avoir à Vénus emprunté sa ceinture ;
Fleurissante au printemps, elle nous apparaît
Comme une belle vierge au juvénile attrait,
Belle de sa fraîcheur, adorable, modeste,
D'une exquise candeur contenant un doux geste,
Et rougissant, naïve, aux parfums de l'amour
Que toute vie épanche à l'aube d'un beau jour!
C'est Miranda, lis pur, perle de poésie,
Fraîche fleur répandant des parfums d'ambroisie !
— Et moi, comme le prince, à son charmant aspect,
Saisi d'un désir chaste et d'un tendre respect,

Jadis, en mon amour trouvant une espérance,
Je m'épanouissais au printemps; l'existence
Me cachant sous les fleurs ses maux et son danger,
N'avait pas de fardeau qui ne me fût léger.
Tout mon être cédait à cette ivresse pure,
Pour aimer, pour chanter avec vous, ô nature !
Comme toi, rossignol, chère comparaison,
Je croyais au succès d'une tendre chanson ;
Mon âme, que l'espoir inondait de rosée,
S'ouvrait comme la fleur au matin embrasée,
Et j'identifiais, dans un rêve enchanteur,
Au soleil du printemps l'astre de mon bonheur !

Maintenant c'est bien vous, ô campagnes chéries ;
Hélas ! comme autrefois n'êtes-vous plus fleuries ?
Votre splendeur revient à des jours révolus,
Et ce n'est que mon cœur qui ne refleurit plus !
La fleur s'ouvre au soleil et vainement, comme elle,
Mon âme veut s'ouvrir à l'espoir infidèle ;
Si je cherche, au matin, mon astre fortuné,
Mon espoir tombe, hélas ! et je suis consterné !
Si de mon cœur trop plein la pensée exclusive
Exhale de l'amour l'hymne persuasive,
O rossignols heureux, lorsque mai vous unit,
Moi, je reste à chanter, triste et seul, loin du nid.
— Belle saison des fleurs, tendre réveil du monde,
Pour qu'à ma peine, hélas ! votre beauté réponde,
Pour que j'entre aujourd'hui dans votre affinité,
Ce que je devrais voir en vous, frère attristé,
Ce n'est plus Miranda, gracieuse et sereine,
Mais la mélancolie au front ceint de verveine,
Mais l'amante d'Hamlet, brisée en un beau jour,
La rêveuse Ophélie en délire d'amour !

MÉLANCOLIE.

—Comme elle est triste à voir quand ses traits sont flétris :
Sa corolle se penche et languit demi-close,
Elle meurt, ô nature, et pourtant tu souris!
Quelle fleur, ô mon Dieu, plus belle que la rose?

— Tout son éclat se change en jaunissants replis,
Comme un front accablé que nul amour n'arrose,
Il cherche un lit de mort où sa langueur repose.
Quelle fleur, ô mon Dieu, plus pure que le lis?

— Le monde, sol brillant où souffle un vent impie!
La fleur a-t-elle aussi des fautes qu'elle expie?
Est-ce au prix de la mort qu'elle peut nous charmer?

De l'amour immortel, éphémères modèles,
Oh! que les lis sont purs, que les roses sont belles!
Pourquoi vivre, ô mon Dieu, si ce n'est pour aimer?

PARLEZ.

Hier, heureux et comblé, je vous quittais heureuse;
Nous nous étions souri tendrement au départ;
Aujourd'hui, qu'avez-vous? Votre œil est sans regard;
Votre front s'est voilé d'une ombre douloureuse.

A-t-on jeté sur moi la calomnie affreuse?
Quel soupçon vous frappa comme un coup de poignard?
Je prends à vos chagrins une si grande part!
En appréhensions mon pauvre esprit se creuse.

Parlez : j'ai tant besoin que vous croyiez en moi!
Je combattrai ce doute et ce cruel émoi;
A votre vrai bonheur tant d'amour m'intéresse!

Parlez! Oh! quand je vois votre cœur assombri,
Je voudrais, l'emportant dans un céleste abri,
Lui faire oublier tout à force de tendresse!

UNE AUTRE.

Moi rêver le bonheur entre les bras d'une autre,
Lorsque je vois en vous tout mon rêve accompli !
Moi, chercher d'autres nœuds, par un ingrat oubli,
Quand le plus doux lien unit mon cœur au vôtre !

Comme une eau qui se perd à travers des fissures,
Moi, laisser de mon cœur mon noble amour sortir,
Sans que tout ce qui fait vivre, aimer et sentir
Ne s'échappe avec lui par d'affreuses blessures !

A l'heure que j'appelle en un espoir céleste,
Moi, me voir éloigné du foyer de mon choix,
Sans que ce pouvoir vain ne parle qu'une fois,
Sans maudire et briser cet obstacle funeste !...

C'est impossible ! oh ! non, jamais, tant qu'il me reste
Un battement au cœur, une âme dans la voix.

LA BRUME.

Comme il est beau de voir se dissiper la brume,
Et les champs dépouiller au loin sa vague écume;
Comme un homme, au matin, de ses yeux, de son cœur,
Rejette le sommeil et le rêve trompeur.

Aux feux toujours croissants que l'orient allume,
Le brouillard, par degrés, qui s'évapore et fume,
Sous son obscur manteau d'uniforme blancheur,
Découvre un sol fleuri, rayonnant de fraîcheur...

Le soleil! tout s'émeut, tout brille, tout s'anime;
Il s'élance, il triomphe, irruption sublime!
L'oiseau ravi murmure un hymne au roi du jour.

Et mon cœur, y trouvant un rapport qui l'enchante,
S'émeut de ce tableau, vole vers vous et chante
De reconnaissance et d'amour.

L'ABSENCE.

Je languis, je souffre, mon Dieu!
J'aime tant à rêver à mon amour immense,
Je trouve le bonheur en ces rêves de feu,
Le bonheur de l'espoir et de la souvenance!
Mais aujourd'hui leur voix, triste comme un adieu,
Ne m'a parlé que de souffrance!

Quelle étrange torpeur ou quel vague tourment
En tous mes sens vient se répandre?
Quel génie ennemi, quel démon malfaisant
Trouble et surprend mon cœur qui voudrait vainement,
Et qui ne veut pas s'en défendre?
Il me parle de vous, et, qu'il soit triste ou tendre,
Ce qui parle de vous est sur moi tout-puissant.
— Hélas! sois moins cruel ou sois moins séduisant,
Sentiment obstiné que je ne puis comprendre!

O ma paix ! ô ma paix !
Toi que j'avais cherchée avec tant d'insistance,
Toi que j'avais trouvée en la douce influence
De son sourire d'espérance !
Son sourire a pourtant encor tous ses attraits ;
Chaque jour cependant je l'aime davantage ;
Elle a reçu mon cœur tout entier en partage !
O ma paix ! ô ma paix !

Et le rêve obstiné, de sa lugubre flamme,
Jusqu'en mon sommeil me poursuit ;
Je veux courir vers vous au milieu de la nuit,
Et chercher dans vos yeux les pensers de votre âme,
Et les voyant briller d'amour et de bonheur,
Vous presser dans mes bras, et, comme un pur dictame,
Sentir tout votre cœur s'épancher dans mon cœur.

O vains désirs ! espoir funeste !
De cette illusion le regret seul me reste !
Mon amour parle en vain, mes vœux sont superflus ;
Les fantômes du doute ont assailli mon rêve ;
Comme un cri de détresse une voix s'en élève ;
Je murmure, accablé : Si vous ne m'aimiez plus !

Quand je vous ai quittée, heureux de confiance,
J'avais en votre amour une vive croyance ;
Rien n'a changé pour nous ;
Voilà que je gémis, voilà que je soupire !
Votre dernier regard était pourtant bien doux !
Et pourtant j'ai gardé de vous
De doux mots de bonheur que le cœur seul inspire.

O malheureux le cœur étroit
En qui l'amour ne peut trouver de sanctuaire!
Il est vide et stérile, il est nul, il est froid;
Il doit nier l'amour, — ô terrible misère!
Il ne comprendra pas cette heureuse chimère
Qui fait que le cœur bat, espère, chante et croit;
L'esclavage adoré, l'idolâtrie altière!
Il ne comprendra pas les élans généreux,
Les transports d'un amant qu'un seul mot exaspère,
Et qu'un mot fait renaître à l'extase des cieux!
Il doit nier l'amour! Malheureux, malheureux!
Comme un spectre étranger, il passe sur la terre.

O malheureux l'aveugle né!
Il ne pourra jamais comprendre la lumière!
Il doit nier le jour, hélas! l'infortuné!
Pour lui point de beauté, point d'aube printanière,
Pour lui point de midi sublime, illuminé;
L'infortuné, l'infortuné!
Il doit nier la lumière.

Mais lorsque l'on connaît le soleil et l'amour,
Lorsque l'on y croit sans retour,
Oh! si l'ombre survient, quel terrible déboire!
On ne peut, voudrait-on, jamais cesser d'y croire!
Mais quel cruel malheur de dire avec effroi:
Ne suis-je plus aimé de celle que j'adore?
L'amour est immortel! l'astre roi brille encore,
Mais ne brille-t-il plus pour moi?

O vous que j'aime et que j'honore,
Par qui je me sens exister,
Si vous ne m'aimiez plus!—Mais vous m'aimez encore;
Oh! daignez me le répéter!....

Venez en aide à ma détresse !
Que votre cœur m'envoie un tendre souvenir ;
O doux ange de ma tendresse,
Hâtez-vous de me revenir,
Et chassez ces démons, messagers de tristesse !
Ils éclairent d'un sombre feu
Les ombres de ma solitude ;
Rendez-moi mon beau jour, ma tendre plénitude ;
Ils murmurent un triste adieu,
Vous, du retour heureux chantez-moi le prélude ;
Rendez-moi ma béatitude !

Revenez, revenez ; vous m'aimez, n'est-ce pas !
Revenez, mon cœur vole au devant de vos pas ;
Vos traits pleins de bonté dont la grâce m'attire,
Vos yeux où j'aime tant à lire,
Vos lèvres s'entrouvrant avec un doux émoi,
Tout ce qui fait sur moi votre magique empire,
Toute, devant mes yeux, sans cesse je vous voi !
Oh ! devrai-je toujours me dire :
Un autre, — Car chacun vous aime et vous admire ;
Un autre, en ce moment, — Oh ! cet autre est un roi ! —
Tandis que du regret je bois l'amer calice,
Se fait de mon trésor son plus heureux délice !
Devrai-je toujours dire : Elle a fui loin de moi !

LE RETOUR.

Quand vous avez revu ces lieux si pleins de nous,
Le vallon avait-il des accords aussi doux?
Le vague aspect du soir, des bois et des prairies,
Invitait-il si bien aux tendres rêveries?
Le ciel pur, emplissant de sa sérénité
Cet admirable abri, cet Eden écarté,
Où le bois, s'élevant en pente circulaire,
Encadre, frais écrin, les prés verts, la chaumière,
Et le ruisseau rêveur qui semble parler bas,
Et le sentier jumeau qui le suit pas à pas;
Ces splendides accords, ces beautés infinies
Evoquaient-ils pour vous d'aussi charmants génies?
Avez-vous ressenti ce grand besoin d'aimer,
Et ce désir ardent qui ne peut s'exprimer?
Dûtes-vous arrêter vos pas, l'âme éperdue,
Comme au bras inconnu d'un ange suspendue?
Et dans ce beau moment où l'on semble écouter
Toutes les voix de l'air et des ondes chanter,
Avez-vous retrouvé cette part de nos âmes,
Qu'en un échange heureux, un jour, nous y laissâmes?
Sa vision vint-elle au devant de vos pas?
Et rien, rien n'avait pu la ternir, n'est-ce pas?

Avez-vous évoqué, dans un cri de tendresse,
Celui qui partageait votre ineffable ivresse?
Un nom dans votre cœur vibrant avec émoi,
Rêveuse, avez-vous dit : Que n'est-il près de moi?
Avez-vous de nos pas cherché la moindre trace,
Vous arrêtant soudain à quelque tendre place,
Et, vous croyant encore appuyée à mon bras,
Murmuré de ces mots que nous disions tout bas?

Avez-vous.... Mais comment exprimer ces pensées,
Incidents gracieux, recherches empressées,
Ces mille soins heureux, besoins du cœur aimant,
Quelques uns pour soi-même et d'autres pour l'absent,
Ces soins où l'on se plaît à revoir ce qu'on aime,
Tout ce qu'en ces beaux lieux je rêve pour moi-même!
Le rapport de nos cœurs est si complet, si doux :
Ce que j'y sentirais, je le rêve pour vous!

Oh! si je l'avais su! — Regret où je me livre!—
Comme je me serais empressé de vous suivre!
Et, si le sort m'en eût interdit le chemin,
Mon cœur vous eût suivie au moins en notre Eden.
Ce n'eût été pour moi que troubles, rêveries,
Désirs me transportant sur ces rives chéries,
Dans des pensers d'amour profonds recueillements,
Regrets entrecoupés de souvenirs charmants!
— Dans ces rêves ardents, désirée, attendue,
Avec quel vif transport je vous aurais revue!
Oh! venez de ces lieux m'apporter un parfum
Où nous respirerons notre amour en commun!
Venez me rendre encor ce beau jour de ma vie
Dans les expansions de votre âme ravie,
Me redire avec feu ce qu'ils gardent de nous
Et verser dans mon cœur ce qu'ils ont de plus doux!

EN CONTEMPLATION.

Sais-tu rien de plus doux, Muse, que son sourire,
Ce sourire qui jette un feu de diamant ?
Emu, je la contemple, à genoux, en délire,
Les yeux, l'âme noyée en son rayonnement.

« Oui, Charle ! » Oh ! qui répond lorsque mon cœur soupire?
Ma Muse, ce n'est pas ton prélude charmant,
Quand tu descends du ciel pour m'apporter ma lyre ;
Tu n'atteignis jamais à tant d'enchantement.

C'est Elle ; chaque mot, quand sa voix le cadence,
Prend un sens tout nouveau, profond, délicieux :

— « Il n'est rien de plus doux que l'étreinte en silence,
Dans le ravissement du bonheur d'être à deux.

On semble n'avoir eu jamais d'autre existence ;
Une seule existence, à deux et dans les cieux. » —

A MOI.

Comme un parfum porté sur les ailes d'un cigne,
Isaure, que mes vers vous portent mon amour;
Puissiez-vous y trouver l'émotion insigne
Qu'à les chanter pour vous je trouve chaque jour!

A moi tant de beautés, à moi la tendre flamme
Qui, brillant dans vos yeux, vous rend plus belle encor!
A moi tout votre esprit, votre cœur et votre âme
Sanctuaires d'honneur dont je fais mon trésor!

A moi vos serrements de mains, votre sourire
Si doux et si puissant de fascination!
Votre amour, fraîche fleur; votre voix, chaste lyre!
A moi pour vous les rendre en adoration!

Tout ce que chaque jour ma passion ravie
Découvre en vous de beau, de grand, de délicat;
Tous vos reflets du ciel, vertus, grâce infinie,
Tout vos rayons d'amour au virginal éclat!

Tous à moi, pour qu'ils soient mon bonheur, mon génie;
Je sens si bien en eux mon âme s'exalter! —
Tous à moi, tous à moi, pour en faire ma vie!
A moi, pour les aimer! à moi pour les chanter!

LA CALOMNIE.

O mon Dieu! donne-moi ta voix comme la foudre,
Ton verbe qui réduit les superbes en poudre,
Qui courbe jusqu'au sol tes plus fiers ennemis,
Ta voix qui persuade et qui subjugue et dompte,
Qui fait que devant toi l'homme frappé de honte
Sent enfin sa bassesse et s'incline soumis.

O Dieu juste, on la calomnie!
Laisseras-tu l'erreur triompher impunie?
Ta foudre pour dompter ce monde perverti!
Ta puissance suprême et ton glaive sans tâches
Pour tenir palpitants sous mes pieds tous ces lâches,
Et leur faire crier : Nous en avons menti!

Elle! y pensent-ils bien? Elle! atroce blasphème!
Non, vous ne pouvez pas la juger à vous-même!
Mon Dieu! pour la comprendre ont-ils rien dans leurs cœurs?
Oh! quand vous distilliez cette bave ennemie,
Vous avez reculé devant votre infamie
Ainsi que des profanateurs!

L'accuser ! — A genoux ! à genoux devant elle !
Vous n'avez pu penser qu'une âme restât belle !
Qu'une femme échappât à vos fanges un jour !
Et moi dont chaque instant est une lutte vive,
Non contre les noirceurs dont votre âme est captive,
Mais contre un tendre instinct que consacre l'amour !

Oh ! que si c'était vrai ! le front haut et superbe,
Comme on vous laisserait ramper, ramper sous l'herbe !
Sifflez, serpents jaloux !
Nous serions dans nos cœurs au-dessus du blasphème ;
L'hymen la donnerait, noble, à celui qui l'aime !
Vous ne pourriez encore atteindre à ses genoux !

Quand l'une se croit grande, et sa vertu factice
Vient d'un cœur vide et sec,— quand l'autre change en vice
Les célestes instincts donnés pour nous charmer,—
L'amour seul est sacré qui vient du fond de l'âme ;
Il n'est rien de sublime et beau comme une femme
Qui sait aimer !

Je l'aime ! O détracteurs, je n'osais le lui dire !
Et ces pâleurs du front, lorsque le cœur soupire,
Ces langueurs, filles des désirs,
Ces langueurs de l'amour, d'un amour qu'elle ignore,
Oh ! comment les vont-ils interpréter encore ?
Devrai-je dans mon sein étouffer les soupirs ?

Que faire ? hélas ! — La fuir... c'est être leur victime.
La fuir... mais ils verraient, dans cet effort sublime,
L'abandon d'un volage et la satiété !
Un miracle, ô mon Dieu ! pour que je les confonde !
Un miracle qui jette aux regards de ce monde
Le grand jour de la vérité !

Parce que vous sentez combien votre âme est vile,
Parce que votre front est bas, souple et servile,
Que vous savez ramper pour de l'or chaque jour,
Et qu'à toute bassesse âmes habituées,
C'est au feu des prostituées
Que vous alimentez un vil reste d'amour ;

Parce que rien en vous n'a gardé sa noblesse,
Que vous avez en vous laissé toute faiblesse
S'invétérer en vice, ô cœurs abatardis,
Vous voulez que chacun vous suive dans vos fanges !...
A genoux ! et sachez qu'il est encor des anges !
Soyez maudits ! soyez maudits !

Mon Dieu ! n'es-tu pas notre père ?
Comment permettras-tu qu'une affreuse vipère
Jette ainsi son venin à la plus pure fleur ?
Tu sais bien qu'elle est noble et qu'elle est innocente ;
Qu'elle soit respectée autant que ravissante !
Que son nom reste pur, aussi pur que son cœur !

Je souffre !... mes désirs croissent de violence !
Leur voix vient me tenter ainsi qu'une espérance !
Oh ! plus leur dire est faux et plus il est affreux !
Menteurs, menteurs cruels! Mes maux n'ont plus de trêve;
Mes soupirs sont plus vifs, et j'ose... dans un rêve...
Oh ! s'ils avaient dit vrai, que je serais heureux !

UN RÊVE.

Il était fier et beau de cet attrait suprême,
Puissant comme l'enfer et doux comme les cieux ;
Son front large semblait fait pour un diadème,
Son grand œil noir lançait un feu victorieux.

Il vint nous séparer ; mon front, de rage blême,
Lui jeta le défi ; — souriant, amoureux,
Il se pencha vers vous, il murmura : je t'aime,
De Te revoir enfin il se montrait heureux !

Plus tendre auprès de lui, vous vous en faisiez gloire,
Sans daigner m'implorer, sûre de sa victoire ;
Vos yeux avec orgueil disaient : Il est aimé!

Rêve affreux ! je le vois après des mois encore :
Sa voix pénètre en vous, son regard vous dévore,
Vous l'admirez, le cœur rayonnant et charmé !

LA GLOIRE.

La gloire ! si parfois encore
Mon rêve l'évoque en secret,
C'est pour vous seule que j'implore
Sa voix d'universel attrait ;

Comme Béatrix, comme Laure,
Par mes chants qu'un monde entendrait,
Tout ce qu'en vous j'aime et j'honore
Dans un culte éternel vivrait.

Qu'en son plus céleste mystère
L'amour ait un nom sur la terre
Pour s'exprimer !

Que tout siècle avec moi s'écrie :
O béatitude infinie
De vous aimer !

A MES VERS.

Que de bonheur à vous revoir encore,
A remonter, sur vos sentiers de fleurs,
Un doux passé que mon amour décore
Des plus riches couleurs ;
De mes beaux jours l'émoi se renouvelle ;
Je les retrouve en vos tendres concerts ;
Vous, qui rendez leur mémoire éternelle,
Soyez bénis, mes vers !

Si vous charmez celle qui vous inspire,
Si l'un de vous, un seul de vos milliers,
La vit jamais s'arrêter et relire,
Les yeux de pleurs mouillés ;
Si quelquefois votre grâce sereine,
La distrayant de ce monde pervers,
Peut de son cœur effacer une peine,
Soyez bénis, mes vers !

Je me plais tant et je mets tant de zèle
A demander, au feu de vos creusets,
Une splendeur qui rende digne d'elle
Mes plus tendres pensers !
Mais, y trouvé-je un pénible délire,
Pourvu qu'un mot de vos transports divers
Puisse à son front faire éclore un sourire,
Soyez bénis, mes vers ?

FIN.

TABLE DES MATIÈRES.

TABLE DES MATIÈRES.

PREMIÈRE PARTIE.

DEUXIÈME PARTIE.

ERRATA.

Page 32, vers 11, mettez une virgule après la rime, au lieu d'un point et virgule.

Page 74, vers 21, lisez :

> Oui ! le temps est passé, etc.

Page 90, vers 19, lisez :

> Quand l'hydre, renaissant dans un fougueux effort,

Page 124, vers 20, lisez :

> Pauvre bumain, jouet des tempêtes,

www.ingramcontent.com/pod-product-compliance
Ingram Content Group UK Ltd.
Pitfield, Milton Keynes, MK11 3LW, UK
UKHW021108290826
14628UKWH00014B/1022

9 782013 095495